M. A. STICH
W. A. GRUND

WILDE WASSER

BEGEGNUNGEN IM OSTERTAL
ODER
JEDEM SEIN KRISTALL

Bibliographische Information der Deutschen Nationalbibliothek: Die deutsche Nationalbibliothek verzeichnet
diese Publikation in der Deutschen Nationalbibliogra-
phie, detaillierte bibliographische Daten sind im Internet über dnb.dnb,de abrufbar.

Herstellung und Verlag:

BoD – Books on Demand, Norderstedt

ISBN 978-3-7481-8279-5

INHALT

Wasser, H_2O,

Chemische Verbindung
von Wasserstoff mit Sauerstoff

Siedepunkt: 100 °C
Gefrierpunkt: 0 °C
Größte Dichte: $1g/cm^3$ bei 4 °C

„Man kann die Erkenntnisse der Medizin
auf eine knappe Formel bringen:
Wasser mäßig genossen ist unschädlich.“

Mark Twain 1845-1910

PROLOG

Wer kennt das nicht, man ist gezwungen zu warten. Es tut sich ein Zeitfenster geschenkter Lebenszeit auf.

Man tigert rastlos hin und her. Das Bad ist schon seit gefühlten Ewigkeiten von einem Mitbewohner besetzt. Die Kleidung für den Tag liegt im Schlafzimmer bereit. Mails, Spams und alle Whatsapp-Nachrichten sind gecheckt. Man steht im Schlafanzug mit einer Tasse Kaffee in der Hand vor dem Bücherregal.

Man kann sich nicht überwinden einen Klassiker der Weltliteratur wie „Der Fänger im Roggen" von J.D. Salinger oder „Schachnovelle" von Stefan Zweig aus dem Regal zu nehmen. Zu schwere Kost für den noch jungen Morgen! Da bietet sich eine der 24 Schmunzelgeschichten des „Wilden Wassers" zwingend an!

Was bei den Wilden Wassern der Kleinen und Großen Oster, beim Wasserfallsteig, in der Weihermühle und am Wohnmobilstellplatz geschieht ist spannende und amüsante Lektüre für knappe Lesezeit.

Dem geneigten Leser sei noch verraten, dass die Geschichten einen logischen Zusammenhang haben. Man kann sie zwar einzeln lesen, es ist aber sinnvoller und amüsanter der vorgegebenen Reihenfolge zu folgen.

Und es stehen die Minutenangaben für die ungefähre Lesezeit zu jeder Geschichte im Inhaltsverzeichnis.

Viel Spaß beim Schmökern und Lesen!

DIE WEIHERMÜHLE

Die Weihermühle wurde urkundlich erstmals 1459 als Mahlmühle erwähnt. Rund 500 Jahre lang ließen die Bauern der Region dort ihr Korn mahlen. Über zwei Jahrhunderte befand sich die Mühle im Besitz der verschiedenen Müllergenerationen der Familien Klapfreuther. 1980 wurde der Mahlbetrieb endgültig eingestellt. Das Anwesen stand leer und verfiel zusehends.

Heute ist die Mühlentechnik wieder funktionsfähig. Auf Anfrage kann für Besuchergruppen Mehl gemahlen werden.

Das Wasserrad wird teilweise zur Stromgewinnung genutzt. Vor einigen Jahren kaufte Hans Hoffmeier, ein Immobilienhändler und entfernter Nachkommen der Familie Klapfreuther, das Gebäude und begann es mit hohem Sachverstand zu restaurieren.

Er und seine Lebensgefährtin hatten sich jedoch finanziell übernommen, mussten Privatinsolvenz anmelden und wurden tot im Mühlenraum hinter dem Wasserrad aufgefunden. Die genaueren Umstände ihres Ablebens konnten nicht geklärt werden.

Das Anwesen mit großer Scheune, Mühlteichen und einer kleinen Wohnung im Haupthaus stand nach der Tragödie wieder lange leer. 2016 erwarb Eberhard Josef Kranzinger, genannte der oide Sepp, dieses Schmuckstück zum Schnäppchenpreis.

Jetzt konnte er sich einen lange gehegten Traum erfüllen: Ein Traktoren-Museum mit Mühlencafé und einem Wohnmobilstellplatz.

Der Mühlengeist Poldi

An dieser Stelle soll auch die Sage vom Mühlengeist Poldi Erwähnung finden.

Der arme Müllergeselle Leopold schlich sich regelmäßig des Nachts in die Kornkammer, um aus den Mehlsäcken einige Scheffel Mehl für seinen Privatverkauf abzuzwacken.

Der Müller schöpfte Verdacht, weil sich die Bauern über Unregelmäßigkeiten beim Gewicht der Säcke beschwerten. In einer Vollmondnacht lauerte er dem Übeltäter auf. Der flüchtete in kopfloser Angst, versuchte über das Mühlrad zu klettern, rutschte ab und stürzte an der tiefsten Stelle in den Bach.

Seine Leiche wurde nie gefunden. In Vollmondnächten soll man seitdem im Mühlenraum das Tapsen nackter Füße hören. Wie von Geisterhand geöffnet knarren Türen und ein eiskalter Hauch weht durch den Raum.

Dann ist der „Mühlenpoldi", wie ihn die Einheimischen nennen, unterwegs. Er findet keine Ruhe, spukt durch die Mühle und sitzt seufzend hoch oben auf dem Mühlrad.

Das berichtete auch eine Gruppe junger Burschen. Sie trafen sich zum „Vorglühen" mit billigem Wodka vor dem Discobesuch im „Lemon" auf dem Parkplatz bei der Mühle. Im Schein des Mondlichts glaubten sie Poldi zu erkennen. „He, Mühlenpoldi, trink einen mit!", prosteten sie ihm zu. Erschrocken plumpste der Geist in den Bach. Grölend machten sich die Maulhelden davon. Am nächsten Morgen fand man eine rätselhafte Mehlspur zwischen der alten Sackwaage und den Walzenstühlen. Diese Geschichte können die Besucher auf einer Holztafel neben dem Mühlrad lesen.

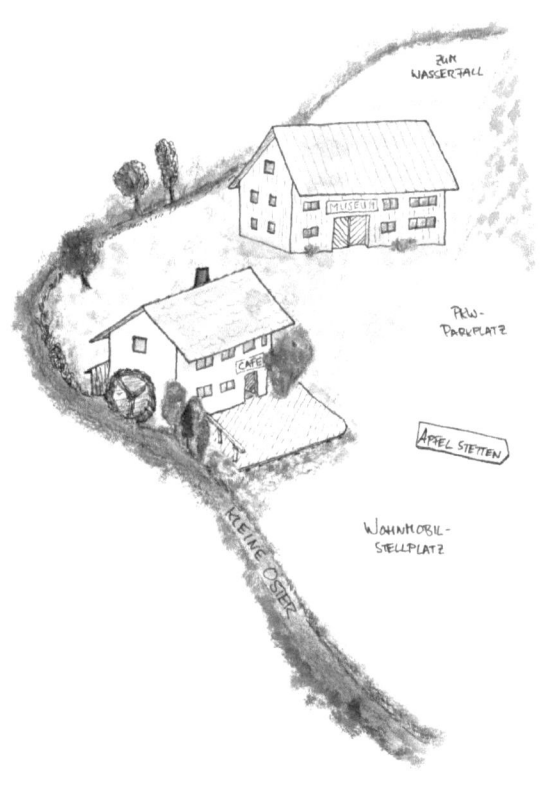

DIE AKTEURE

Da sind sie wieder, unsere alten Bekannten, und es kommen neue Gesichter dazu.

Karl-Heinz Schmälzle, genannt Heinzi
Narkoleptiker, Elvis-Fan und Auswanderer.

Er hatte alles genau geplant.

Nach seiner „Elvis For Ever-Tour" zum 40. Todestag von Elvis Presley am 16. 8. 2017 würde er in den Staaten bleiben. „Home is where the heart is" sang Elvis Presley, „Heimat ist, wo das Herz ist". Heinzis Herz schlug für Amerika. Er wollte sich ein Häuschen in Memphis kaufen und alle Brücken hinter sich abbrechen. Im Internet und mit Hilfe von Sepps Cousine Isolde verkaufte er nach und nach sämtliche Raritäten seiner Elvis-Sammlung. Die kleine Werkstatt mit Hebebühne und Ersatzteillager beim Wilden Ried verpachtete er für die nächsten 10 Jahr an seinen Bekannten und letzten Arbeitgeber Josef Kranzinger.

Heinzi hat seinen weißen Pick-up, Baujahr 1998, auf dem Parkplatz der Weihermühle abgestellt und hofft auf einen Käufer.

Für Autobastler!
Günstig zu verkaufen!
Mobil 0170 8643210 ab 17.00 Uhr
oder im Mühlencafé anfragen.

---

steht auf dem Pappschild, das zwischen Lenkrad und Windschutzscheibe klemmt.

Steffi und Johanni

Sie sind mit allen Sinnen und Kräften mit Bau-
finanzierung und Wohnungsplanung beschäftigt. Beim
Baggerfest (Der Bagger rollte einen Monat später vom
Tieflader…) konnten sie zusammen mit der Baugruppe
den ersten Spatenstich tun.

Moritz Anton, ihr dreieinhalbjähriger Sohn

Er hat immer einen kleinen Bagger oder ein Feuerwehrauto in der Hosentasche stecken. Er mag Rhabarberkuchen, liebt so gerne (ausnahmsweise) Apfel-
saftschorle und düst auf seinem Laufrad durch die Gegend.

Matschlöcher üben eine magische Anziehungskraft auf
ihn aus.

Bohrende Warum-Fragen bringen seine Mitmenschen
zuweilen an den Rand des Nervenzusammenbruchs.

Er besucht den Waldkindergarten „7 Zwerge".

Der kleine Bruder Rasmus Fabian, genannt Rasmi

Er reckt das Köpfchen noch nicht aus dem sicheren Tra-
getuch um mit erstaunten Kulleraugen in die Welt zu
blicken. Das wird er erst einige Monate später tun.

Katja Rettich

Die Enkeltochter der verstorbenen Erna Rettich fand
auf dem Aussichtsturm am Haldenberg ihren Kraftort
und nach dem Tod ihrer geliebten Oma Erna wieder
Halt im Leben. Sie ist im Yin Yoga–Studio von Jannis
Tragore angestellt und bietet dort Qigong-Kurse an.

Nach langem Zögern öffnet sie den Abschiedsbrief ihrer verstorbenen Oma. Jetzt steht sie vor der nächsten Herausforderung.

Susanne Schuhmann, genannt Suzy

Sie arbeitet als Angestellte im mittleren Management. Im Büro gilt sie als geschätzte Expertin für Kunden aus englischsprachigen Ländern. Ihre Freundin Viola erzählte ihr von der wunderschönen Märzenbecherblüte im Ostertal. Die Verabredung im Wilden Forst zum Christbaumkauf konnte Viola wegen einer Autopanne nicht einhalten. Ob sie wohl diesmal erscheint?

Barbara Lenz, genannt Bärbel

Sie ist mit ihrem Weihnachtsgeschenk, einer Bridge Kamera Lumix DMC FZ 300, auf Fotosafari unterwegs. In Fachkreisen gilt sie als ambitionierte Kennerin des Scharlachroten Kelchbecherlings, Sarcosypha coccine auch Zinnoberroter Kelchbecherling genannt. Sie entdeckt, bestaunt und fotografiert auf ihren Spaziergängen auch „die kleinen Wunder" am Wegesrand. Mit den zahlreichen Funktionen und der angeblich intuitiven Bedienung der Kamera scheint sie noch überfordert.

Gisbert, Ingbert und Wilbert

Das sind drei rüstige Ingenieure im Ruhestand. Die Tüftler treffen sich regelmäßig zu gemeinsamen Projekten. Vor kurzem verloren sie bei einem Testflug ihr „Schätzchen", einen Quadrocopter, auch Drohne genannt, durch den Angriff eines Rotmilans.

Wegen Gisberts Vergesslichkeit standen sie an diesem Frühlingstag schon vor Öffnung des Cafés am Parkplatz der Weihermühle. Sie beschlossen daraufhin, die Wartezeit mit einem kurzen Spaziergang zu überbrücken.

Danny

Der Besitzer eines XXL Tattoo Studios und Untermieter von Ludwig Anthammer wird jedes Wochenende von seiner Traumfrau Francoise auf eine andere Hochzeitsmesse geschleppt. Nach „TrauDich!", „Fest Versprochen!" und „Weddfair" steht an diesem Samstag „Wir Heiraten!" auf dem Programm. Danny ist am Rande seiner Nervenkraft angekommen. Obwohl bekennender Vegetarier, bestellte er per WhatsApp bei seiner fürsorglichen Mama einen Zwiebelroschtbraten mit handgeschabten Spätzle.

Francoise Biersack

Die äußerst attraktive Brünette geht in Anthammers Feinkostmanufaktur und Dannys Tattoo Studio ein und aus. Die Siamkatzen Prada und Gucci sind die Markenzeichen ihres Nagelstudios „French Nail Style".

Von ihrem bayrischen Vater hat sie den Sturschädel, von ihrer elsässischen Mutter den französischen Esprit geerbt.

Anna Eva Witten

Sie arbeitet als Redakteurin und Schriftstellerin. In loser Abfolge plauderte sie im Café Kurz mit Einwohnern der Region. Erlebnisse an besonderen Orten standen dabei im Mittelpunkt. Die 40 Interviews aus dem Tübinger Tagblatt „Auf einen Kaffee mit ..." publizierte sie beim Dumont Verlag in einer Taschenbuchausgabe. Darauf ist sie sehr stolz.

Seit März führt sie Interviews für die Wochenendbeilage: „Genuss- und Erlebnistouren in der Region".

Sebastian Rufer

Der selbstständiger Betreiber eines Wachdienstes und Experte für Sicherheitskonzepte rund ums Haus ist ein guter Bekannter von Sepp Kranzinger und Hortensia Hufnagel.

Er riet ihnen vor der Eröffnung des abgelegenen Hofcafés zu abschließbaren Fensterklinken mit Verriegelungsbeschlag und zur Installation einer Funkalarmanlage.

Nach einem knapp verfehlten 2. Platz beim Europa Wettbewerb im Hirschrufen nahm er Abschied von dieser Sportart. In den Schottischen Highlands entdeckte er den echten Single Malt-Whiskey und die Liebe zum Dudelsack. Er gewann eine Wette, die er im Whiskyrausch geschlossen hatte, und spielte „Scotland the Brave" unterm Weihnachtsbaum.

Jetzt setzt er seinen ganzen Ehrgeiz daran, Danny mit einem unvergesslichen Junggesellenabschied, JGA, zu überraschen.

Eberhard Josef Kranzinger

Als er sich noch sein Brot als „Mädchen für alles" auf dem Huberhof verdiente, nannten ihn alle den oiden Sepp. Er besserte seinen Lohn mit Unternehmungen

auf, die sich am Rande der Legalität bewegten, ihm jedoch den Grundstock für seinen Lebenstraum ein-
brachten.

Nach Jahren hatte er genügend Kapital und eröffnete
ein Traktoren-Museum mit Hofcafé in der Weihermühle. Seine Cousine Isolde und deren Mann Eugen stehen
ihm bei der Gestaltung der Homepage

www.traktorenfreunde.de

und Fragen zu Smartphone und Laptop mit Rat und Tat
zur Seite.

Ein Problem ganz anderer Art schafft er diskret im Al-
leingang aus der Welt.

Hortensia Hufnagel

Aus Liebe zu Josef Kranzinger gab sie ihre Stelle als
Bedienung im Café Unterholzner auf. Das dort erworbe-
ne Knowhow und Geld aus einer kleinen Erbschaft
steckte sie ins Mühlencafé. Sie sprudelt über vor Ideen.
Sie lebt und kocht nach dem Motto: „Liebe und Fantasie
sind die besten Gewürze." Ihre Lieblingsfarbe: Grün in
allen Schattierungen.

Hortensia will im Tal der Kleinen Oster Wildkräuter-
spaziergänge anbieten. Sie vermarktet Kräutertees,
Kräuterlikör, selbst gebackene Kuchen und Marmelade
sowie das gesundheitsfördernde Wasser aus der Quelle
der Weihermühle. Sie schwört auf die spezielle Kraft
des Schungit-Kristalls. Dieser gibt dem Wasser. ihrer
Meinung, nach eine harmonisierende und vitalisierende
Wirkung.

Heinrich Blumstein, Polizeihauptkommissar i.R.

Der alleinstehende Senior bezog nach Erna Rettichs Ableben deren Appartement im Elisabethenstift. Von jeder seiner zahlreichen Reisen brachte er mindestens ein Paar Hosenträger als Souvenir mit. Aus dieser buntexotischen Sammlung suchte er sich für den Ausflug zur Weihermühle die Roten mit Edelweißmotiv aus.

Erna Rettichs Enkelin Katja fand er auf Anhieb sympathisch, als er sie bei seinem Einzug vor dem Büro des Stifts traf. Beide hatten einen Termin bei der Sekretärin Eugenie Tiefenbach. Später lud er Katja zu einer Tasse Tee ein. Sie erzählte ihm, dass sie den letzten Brief ihre Omi nur schwer entziffern könne, da er in Sütterlinschrift verfasst sei. Spontan bot er ihr seine Unterstützung an. Bei der Weihermühle erschreckt Blumsteins Anwesenheit einen alten Bekannten aus dem kriminellen Milieu.

Liselotte und Walter Wolffberger

Die beiden sind passionierte Spaziergänger und Fußballfans des 1. FC Köln. Ihr geliebtes und betagtes Hündchen Polly bekam regelmäßig sein „Tablettchen" verabreicht. Trotzdem verstarb es unerwartet an Herzversagen. Traurig trugen sie Pollys Körbchen und Futternapf in den Keller. Die rote Leine baumelte zur Erinnerung noch am Garderobenhaken. Um der Leere in ihrem Reihenhaus zu entkommen, mieteten sie kurz entschlossen ein Wohnmobil für eine Fahrt ins Blaue. Mit dem Wohnkomfort des Hymer Exsis-I 588 sind sie überaus zufrieden.

Irmtraud und Hermann Bregenzer

Das unternehmungslustige Paar im Ruhestand nutzt jede Gelegenheit um sich zwischendurch eine Schnaufpause von der Betreuung ihrer vier lebhaften Enkelkinder zu gönnen.

Die beiden reisen im Pössl 2 Win durch die Welt. Sie sind aber wegen ihres Konzert- und Theater-Abos zeitlich nicht ganz ungebunden. Wie ein unsichtbares Band verbindet sie ihre Liebe zu Literatur und Theater.

Wenn es ihre Termine erlauben, fahren sie zu den Orginalschauplätzen von Kriminalromanen. Sie sind eingefleischte Fans von Commissaire Dupin. Sie schwärmen von ihren Erlebnissen an den Austernbänken der Bretagne und dem malerischen Örtchen Trégastel an der Rosa Granitküste.

In diesem März wollen sie auf den Spuren der beiden Adventskrimis von M. A. Stich und W. A. Grund dem Wilden Ried und dem Wilden Forst einen Besuch abstatten.

Ivo Svoboda, Mike Grabowski und Kai-Uwe

Die Drei reisen in einem ausgebauten weißen Kastenwagen und sind sich nicht immer einig.

Wolfgang Prakl

Der Privatier betreibt die Internetseite baenkle.de auf die man Bilder von Bänken und die dazugehörenden Geschichten hinaufladen kann. Oft wandert er zu einer dieser Bänke, trifft sich mit den Verfassern und lässt sich deren Geschichten erzählen.

Gunther Gründel

Der passionierte Mountainbiker, gerät mit seinem „Hai-Bike" in ein Gewitter. Völlig durchnässt findet er im Hofcafé Unterschlupf. In Suzy und den Wolffbergers findet er interessierte Zuhörer für seine Anekdoten.

Hans-Dieter Baumann

Der Rentner und Minijobber auf dem Wertstoffhof führt die Polizei zu einer Leiche.

1. VERSUNKEN, 4 MIN

Mit vor Entsetzen geweiteten Augen starrte er auf das Messer.

Ivo hielt es plötzlich in der Hand. Abwehrend hob Hein‑zi beide Arme und stammelte beschwichtigend: „Ich hab dir alles gegeben, Ehrenwort!"

„Du miese, kleine Ratte, wo ist der Rest?", stieß sein Gegenüber mit wutverzerrtem Gesicht hervor und drückte die Stahlklinge gegen Heinzis Hals. Dessen Ge‑sicht hatte jegliche Farbe verloren. Dunkelrot sickerte Blut aus der feinen Schnittwunde. Heinzis Gesicht wirkten wie ein qualvoller Aufschrei.

Panisch schielte er nach unten zu Ivos Pitbull. Der knurrte drohend und schnappte nach Heinzis Hosenbei‑nen. Der schwergewichtige Mann schien das Gleichge‑wicht zu verlieren. Er gab einen gurgelnden Laut von sich und taumelte rückwärts. Die glitschigen Planken des Stegs boten den abgetretenen Sohlen der Gummi‑stiefel wenig Halt.

Hinter den beiden Männern rauschte der Wasserfall im Schein des Morgenlichts in die Tiefe. Die Wassermassen sammelten sich unten in einem Kiesbecken, das an den Rändern von gelblichen Eisresten gesäumt wurde. Ab‑gebrochene Zweige und Blätter tanzten auf den tücki‑schen Strudeln. Der Bach schäumte kraftvoll durch ein Steinlabyrinth bergab. Weiter unten floss die Kleine Os‑ter dann gemächlicher durchs Ostertal, durch frühlings‑

grünen Mischwald, gesäumt von einem Meer aus weißen Märzenbechern.

Das Gewässer mäanderte durch Wiesen und Auen und floss schließlich hinter der Scheune der Weihermühle vorbei. Es trieb das alte Mühlrad an und vereinigte sich kurz nach der Tannenmühle mit dem Urbach zur Großen Oster.

Auf dem Wasserfallsteig, einem beliebten Ausflugsziel, waren Heinzi und Ivo um diese frühe Stunde allein auf weiter Flur.

Es sollte Heinzis letzte Übergabe werden. Seine Aufgabe war die Verteilung des Stoffes an kleinere Dealer. Endlich hatte er genügend Geld beisammen, für den Flug nach Atlanta.

Bei seiner letzten Amerikareise auf Elvis Spuren hatte er die "Old Car City" besichtigt. Dort stand Elvis Presleys letztes Fahrzeug, ein Lincoln Continental Mark V in einer Halle, eingestaubt und voller leerer Cola-Dosen.

Auf der Busfahrt erregten „FOR SALE" Schilder in den Vorgärten seine Aufmerksamkeit. Die weiß gestrichenen amerikanischen Holzhäuser gefielen ihm. Stück für Stück reifte in ihm der Plan, nach Amerika auszuwandern.

War er zu gierig geworden? Hatte er seine „Partner" unterschätzt? Hatte er heimlich zu viel von den kleinen Zipperbeutelchen mit Crystal Meth abgezweigt?

Sein Leben zog wie in einem Zeitraffer an Heinzi vorüber.

„Du miese Ratte, wo ist es?", wiederholte Ivo.

Heinzi stiegen Ivos Ausdünstungen nach kaltem Zigarettenrauch und Döner in die Nase. Der Pitbull fletschte drohend die Zähne. Heinzis massiger, von reichlich Burger und Cola aufgeschwemmter Körper presste sich gegen das schmale Holzgeländer.

Die Latte bog sich und ächzte unter der Last. Da brach die Absperrung mit einem dumpfen Knall. Holz splitterte, Kai-Uwe bellte kehlig. Heinzi suchte Halt, seine Hände griffen ins Leere. Er schlug mit dem Rücken auf die Holzbohlen und streifte dabei Ivos Arm. Das Messer flog in hohem Bogen durch die Luft. Es landete mit metallischem Klirren weit unten auf den Kieseln im schäumenden Eiswasser.

„Elvis lebt!", krächzte Heinzi. Jetzt verlor er endgültig die Kontrolle. Kopfüber, mit den Armen rudernd, stürzte er in die eisigen Fluten. Ivo stockte der Atem. Er trat einen Schritt zurück und tastete nach dem Geländern. Ungläubig starrte er in die Tiefe. Das brodelnde Wasser hatte Heinzi verschluckt und spuckt ihn nicht wieder aus.

Der Hund riss ungeduldig an der Leine. „Aus jetzt, Kai-Uwe!", kommandierte Ivo und zog ihn so grob am schwarzen Halsband zu sich heran, dass sich die Metallstifte ins Nackenfell bohrten.

Mechanisch griff er in die Hosentasche seiner Jogginghose. Das zerknitterte Päckchen Marlboro war fast leer.
Mit zitternden Händen schnippte er eine Fluppe aus
der Packung, zündete sie an und inhalierte tief. Er
bückte sich nach der Plastiktüte mit den blauen und roten Buchstaben und warf einen kurzen Blick hinein.
Heinzi hatte ihn beschissen. Da war zu wenig „Ware"
drin.

„Bei Fuß jetzt, Kai-Uwe!", befahl er. Er warf die ange-
rauchte Zigarette auf den Boden, trat sie aus und
schlug den Wasserfallweg Richtung Weihermühle ein.

2. VERLOREN, 4 MIN

Es herrschte dicke Luft zwischen Gisbert, Wilbert und Ingbert, den Ingenieuren im Ruhestand. Die drei saßen im Auto und schwiegen sich schon die ganze Fahrt über an. Jeder war auf seine Art genervt.

Die Tüftler hatten in mühsamer Kleinarbeit in Gisberts Hobbykeller den Quadrocopter RC Nighthawk 250/280 FPV, ein Abschiedsgeschenk von Gisberts Kollegen, nach ihren Vorstellungen umgebaut. Sechs Flaschen Spätburgunder „Meersburger Sängerhalde" und weiterer „Denkstoff" hatten sie beflügelt.

Leider zerstörte ein wehrhafter Rotmilan ihr „Schätzchen" bei seinem Jungfernflug über dem Wilden Forst. Gisberts verzweifelte Manöver an der Fernsteuerung konnten einen Zusammenprall nicht verhindern.

An diesem Samstagmorgen im März war er der Fahrer des silberfarbenen Passats und bog schwungvoll in den Parkplatz vor der „Weihermühle" ein. Erschrocken sprang ein schwarzes Kätzchen aus der Wiese und wischte um Haaresbreite an der Stoßstange vorbei. Gisbert trat auf die Bremse, dass der Kies aufspritzte.

„Sauviech!", kommentierte er ärgerlich. „Da kann doch die arme Katz nichts dafür, dass du in letzter Zeit sogar deinen Kopf vergessen würdest, wenn er nicht angewachsen wäre", moserte Wilbert vom Beifahrersitz. Er öffnete das Handschuhfach und förderte eine halbvolle Tüte mit Lakritzkonfekt zutage.

Zufrieden seufzend steckte er sich eine Handvoll in den Mund.

„Und du kannst auch nichts anderes als uns den Süßkram wegfressen!", schallte es von der Rückbank. Ingbert griff über die Rückenlehne in die Tüte: „Shit, schon wieder alle Lakritzschnecken weg."

„Gemach, gemach, Freunde!", meldete sich Gisbert zu Wort und schnallte den Sicherheitsgurt ab.

„Ja, ja, die Nerven liegen blank, aber jetzt heißt es kühlen Kopf bewahren und sich nicht von eigenen Befindlichkeiten von den wirklich wichtigen Dingen ablenken lassen", sagte er.

„Ok, ok, du Klugscheißer, du suchst schon seit Tagen nach deiner Autobrille. Du machst einen Bohai, als hättest du die Kronjuwelen verloren. Kauf halt eine Nulltarifbrille bei Fielmann und Schluss!", konterte Ingbert.

„Ich soll am Sonntag mit Uschi zur Caravan-Messe nach Stuttgart fahren, weil meine Ehefrau unbedingt ein Wohnmobil will. Freiheit, Unabhängigkeit, komfortables Reisen, die Welt erkunden! So ein Quatsch, i well mei Rua!", ergänzte er aufgebracht.

„Jetzt mal alles mit der Ruhe", besänftigte Wilbert, „Wir müssen zuerst die Plastiktüte mit dem Steuerpad holen, die wir gestern im Café vergessen haben."

„Die du vergessen hast", berichtigte Gisbert, „weil du nur Augen für die schöne Hortensia und ihren hausgemachten Schokokuchen hattest. Ich hab die Drohne ordnungsgemäß im Kofferraum verstaut."

„Jetzt hört endlich mit der Selbstzerfleischung auf. Die Tüte steht bestimmt noch neben der Eckbank. Da hab ich sie abgestellt." Mit dieser Antwort öffnete er die Beifahrertür.

An Heinzis Pick-up vorbei marschierten die Senioren aufs Hofcafé zu. Die Stühle auf dem Vorplatz waren noch hochgestellt, die Sonnenschirme zusammengebunden. Die Aufstellertafel neben der Eingangstür war schwarz und leer.

Kätzchen saß auf der Türschwelle und putzte sich. Es sprang auf und drückte sich schnurrend an Gisberts Hosenbeine. Davon unbeeindruckt spähte der durchs Fenster und versuchte ins Innere zu blicken.

„Nix zu sehen. Die öffnen erst um 11.00 Uhr", meinte er enttäuscht.

„Wenn du nicht immer so ungeduldig wärst", trat Wilbert nach, „Den Multicopter hätten wir am Sonntag auch bei denen im Vereinsheim testen können."

„Der erste Flugtest beim Mühlenweiher lief doch gestern astrein", verkündete Ingbert.

„Und kein aggressiver Rotmilan war in Sicht", ergänzte Ingbert sarkastisch.

Beim Surfen im Internet war Gisbert vor einigen Wochen auf die Modellsportgruppe in Jagsthofen gestoßen.

Er fand den Bericht über ihre Arbeit mit Drohnen und deren Ausrüstung mit einer Wärmebildkamera sehr spannend. Sie nutzten die Technik, um Felder nach

Rehkitzen abzusuchen, die sonst Opfer der Mähmaschinen wurden.

Die Drohnen wurden via Tablet oder Smartphone gesteuert. Der Verein suchte ehrenamtliche Experten für Schulungen bei landwirtschaftlichen Maschinenringen oder Jagdvereinen. Umgang mit Multicoptern und Fehleranalyse, das war ihr Ding! Gisbert war begeistert.

Er kontaktierte Bärbel Kleinert vom Verein für Rehrettung und holte sich Tablet und Drohne zur Ansicht in den Hobbykeller. Mehrere Flaschen Rotwein unterstützten sie bei der Erstellung einer praxisorientierten Präsentation für die Schulungen. Nebenbei wurden auch noch einige Schwachstellen an der Steuerungs-App beseitigt.

Gisbert, Wilbert und Ingbert waren wieder im Drohnenfieber. Sie führten den ersten Testflug bei der Weihermühle erfolgreich durch. Danach stärkten sie sich mit Kaffee und Kuchen.

Doch jetzt stand die Lidl-Tüte mit dem Steuerungstablet irgendwo im Hofcafé.

Hoffentlich hatte sie nicht jemand versehentlich in den Müll geworfen.

„Vielleicht ist der Kranzinger im Schuppen bei den Traktoren", meinte Wilbert hoffnungsvoll.

„Das Museum ist noch geschlossen. Lasst uns einfach die 'Kleine Wasserfall-Runde' laufen", meinte Ingbert und warf einen Blick auf seine Armbanduhr, „Um elf sind wir wieder da und holen die Tüte."

„Ich hol noch schnell die Nussschokolade aus dem Handschuhfach. Dann komm ich nach", warf Wilbert ein.

Gisbert antwortete nicht. Er glaubte einen entfernten Schrei aus Richtung Wasserfall zu vernehmen. Wahrscheinlich war es nur ein Rotmilan.

3. VERLIEBT, 5 MIN

Die abgetretenen Eichenbohlen knarrten unter ihren bloßen Füßen, als sie aus dem Bett stieg.

Hortensia hielt inne und blickte sich erschrocken um. Die rotkarierte Bettdecke hinter ihr hob und senkte sich fast unmerklich unter regelmäßigen Atemzügen. Sie gönnte ihm noch eine Mütze voll Schlaf. Gestern Abend war es spät geworden. Über Abrechnung und anstehende Zahlungen hatten sie sich die Köpfe heiß geredet, waren sich in die Wolle geraten und hatten sich wieder versöhnt.

So schön war das gewesen. Hortensia lächelte versonnen. Dann schlüpfte sie in den mintgrünen Frotteebademantel und schlich auf Zehenspitzen aus der Schlafkammer.

Die Frühlingssonne funkelte durch das Fensterchen am Treppenabsatz. Waren da schon erste Besucher gekommen? Drei Gestalten in beigen Funktionsjacken standen am Ufer der Kleinen Oster. Sie gestikulierten und diskutierten. Einer deutete in Richtung Traktoren-Museum, einer in Richtung Wasserfall, einer lief zum Parkplatz zurück.

Zwei marschierten los. Einer keuchte hinterher. Gott sei Dank! Sie verschwanden um die Wegbiegung. Sie konnte jetzt noch keine Gäste brauchen. Wahrscheinlich waren sie mit dem silbernen Kombi gekommen, der neben Heinzis Pick-up parkte.

Diese alte Schrottkarre war ihr schon länger ein Dorn im Auge. Wenn sie nur endlich jemand kaufen würde!

Sie blickte zum Wohnmobilstellplatz, auf dem drei Fahrzeuge standen. Der weiße Kastenwagen war gestern Abend noch nicht da gewesen. Sie kniff die Augen zusammen und versuchte die Autonummer zu entziffern. Sie gab auf. Ohne Brille gelang ihr das nicht.

Kätzchen schnupperte an einem Hundenapf, der vor der Fahrertür stand. Es schüttelte sich und sprang dann auf den Tisch vor dem dunkelblauen Pössl 2 Win. Das dritte Wohnmobil überragt die beiden anderen. "RENT EASY" las sie die schwungvolle Schrift über dem Fahrradträger auf der Rückseite. Mit der Einrichtung des Wohnmobilstellplatzes hatte Sepp den Trend der Zeit erkannt. Der Platz wurde schon jetzt, Ende März, gut angenommen und brachte Kundschaft für Museum und Café.

Hortensia tastete nach dem Handlauf und tappte die schmale Treppe zum schummrigen Eingangsflur hinunter. Von hier gelangte man in die Küche und in den Gastraum.

Dahinter lag der Raum mit dem Mahlwerk und dem Mühlrad. Das war der Arbeitsbereich von Sepp und Heinzi.

Der vordere Teil des uralten Hauses war ihr Reich. Zufrieden und stolz blickte sie auf ihr Werk. In der Gaststube dominierten die Farben grün, weiß und rot. Über Tischen und Sitzmöbeln aus hellem Birkenholz waren Filzdecken, Schaffelle und karierte Leinentischdecken drapiert. Geschmackvoll ergänzt wurde das Ambiente durch Rüschenkissen, Gläsern mit Teelichtern und bunten Keramiktöpfen mit Primeln.

Im geöffneten Bauernschrank und auf dem Tresen standen die Produkte, die sie zum Verkauf anbot: selbstgepflückte und -gemischte Kräutertees, Holunder-, Schlehen-, und Sanddornlikör, Himbeer-, Brombeer- und Walderdbeermarmelade, Quittengelee.

Das gesundheitsfördernde Wasser aus der Quelle der Weihermühle stand in schlanken Glasflaschen am Boden davor.

Frischen Kuchen und Holzofenbrot lieferte in der Saison die Rosi aus Apfelstetten. Aber das brauchte sie ihren Kunden ja nicht auf die Nase zu binden. Für die kleine Mittagskarte sorgte sie selbst. Heute wollte sie Bärlauchsuppe anbieten.

Hortensia liebäugelte mit einem doppelten Espresso aus der nagelneuen Maschine. Nach kurzem Zögern schaufelte sie zwei Esslöffel Pfefferminztee und einige Rosmarinnadeln in die bauchige Teekanne. Sie füllte Wasser aus der Karaffe mit dem Schungit-Kristall in den Wasserkocher. Als es sprudelnd kochte, überbrühte sie die duftenden Kräuter. Das würde belebend wirken und war förderlich für ihr Chakra sein Sie trug die Kanne zum Tisch vor der Eckbank im Gastraum und stellte ihre Lieblingstasse mit dem Zwiebelmuster dazu.

Während der Tee zog, holte sie die Karaffen mit dem Schungit-Wasser aus der Küche und stellte sie aufs Regal neben ihre hausgemachten Köstlichkeiten.

Wo waren nur wieder ihre Hausschuhe? Sie massierte die eisigen Zehen und ließ ihren Blick über die abgetretenen Fliesen schweifen. Ächzend begab sie sich auf alle Viere und tastete unter der Eckbank herum. Neben den weichen Filzpantoffeln und einer zerknüllten Serviette bekam sie eine Plastiktüte zu fassen. Die musste gestern jemand vergessen haben. Von draußen ertönte lautes Gebell. Hortensia schlüpfte in die Pantoffeln und eilte zum Fenster. Ein gedrungener Pitbull umkreiste den weißen Kastenwagen.

Kätzchen Nemo saß auf dem Dach. Der Hund verharrte, zog die Lefzen hoch und knurrte drohend. Nemo miaute in Todesangst und machte seinen schönsten Katzenbuckel.

Hortensia riss die Tür auf. In Ermangelung einer Waffe griff sie sich die Tüte mit dem Lidl-Aufdruck. Drohend schwang sie das Behältnis über dem Kopf. Sie brüllte aus Leibeskräften: „Mistköter, hau ab! Elendes Vieh, verschwinde!"

„Aus jetzt, Kai-Uwe! Bei Fuß jetzt, Kai-Uwe!"

Die schneidende Stimme gehörte einem jungen Mann in dunkler Jogginghose und Kapuzenshirt, der jetzt hinter dem Schuppen hervortrat. Die schwarze Wollmütze trug er tief ins Gesicht gezogen. In der rechten Hand hielt er eine Hundeleine.

Bei seinem Anblick warf sich der Hund sofort winselnd auf den Boden.

„Sorry!", rief der Mann Hortensia zu. Dann peitschte er mehrmals mit der zusammengelegten Leine auf das Tier ein. Eilig schob er die Tür zum Kastenwagen auf und zerrte den Hund unter gemurmelten Drohungen ins Innere.

Kätzchen sprang vom Dach und verschwand im hohen Gras. Zitternd stellte Hortensia die Tüte neben der Tür ab.

„Das war knapp!", flüsterte sie. Sie fischte sich einen Himbeerbonbon aus dem Schraubglas am Tresen und steckte sich die Süßigkeit in den Mund. Dann sank sie auf das Schaffellkissen auf der Bank. Mit einem Seufzer goss sie Tee ein und umfasste mit beiden Händen die dampfende Tasse.

Genüsslich lutschte Hortensia an der Süßigkeit. Sie fühlte die kleinen runden Buckel des Bonbons im Mund und schmeckte die fruchtige Süße auf der Zunge. Langsam beruhigte sie sich wieder.

4. VERPLANT, 3 MIN

Mit hochrotem Kopf beförderte Sebastian Rufer das Rad in den Fahrradständer neben dem Holunderbaum. So hatte er sich die Probefahrt nicht vorgestellt. Danny hatte ihn dazu gedrängt, sein E-Mountainbike zu testen.

„Das ist supercool! Bergauf schaltest du auf 'Power' und genießt die Landschaft. Geht ab wie Schmitts Katze!", hatte dieser getönt.

Im Vertrauen darauf legte Sebastian seine Tour weiträumig an. Entspannt radelte er über die Ruine Blankenstetten, zum Ratschenfelsen, weiter über Apfelstetten und den Blasiberg zur Weihermühle. Das „Fahren mit Rückenwind" verkehrte sich ins Gegenteil, als unten beim Ammerbühl der Anzeigebalken einen fast leeren Akku signalisierte.

Die letzten Kilometer mit stetiger Steigung keuchte er deshalb in 'ECO'-Einstellung fast ohne Unterstützung hinauf. Das hatte ihn geschafft. Seine Trinkflasche war leer und das Café noch geschlossen.

„Glomp, außerschwäbischs!" Leise fluchend kämpfte er mit dem Bügelschloss. Bestimmt würde niemand das Rad mit leerem Akku stehlen. Es rührte sich keine Menschenseele. Das Mühlrad durchpflügte mit dumpfem Rauschen das Wasser der Kleinen Oster, eine Kohlmeise pfiff ihr kiwitt, kiwitt vom Dach der Scheune, im Bergwald rief ein Kuckuck.

In den drei Wohnmobilen am Stellplatz rührte sich nichts. Ein verbeulter Pick-up wartete am Parkplatz auf einen Käufer. Daneben stand ein Kombi, der eine lange Bremsspur im Kiesplatz hinterlassen hatte.

Nein, er würde sich die Laune nicht verderben lassen. Er verspürte noch die Nachwehen des gestrigen Abends. Die Wirkung der Aspirin-Tablette zum Frühstück ließ langsam nach. Für einen guten Freund musste man Opfer bringen, besonders, wenn er ihn zu seinem „best man", seinem Trauzeugen ernannt hatte.

Sebastian war die Gestaltung eines unvergesslichen Junggesellenabschieds, eines JGA, eine ehrgeizige Herzensangelegenheit. Er und die Jungs vom Bowling-Club würden für Dannys letzten Tag in Freiheit eine geile Party schmeißen.

Mit dem Film „The Hangover" und einem Kasten Öttinger hatten sie sich gestern Abend eingestimmt. Nach Las Vegas würden sie nicht fliegen, um nach dem JGA mit einem fremden Baby und einem Tiger im Hotelzimmer aufzuwachen.

JGA-Exzesse gab es auch auf der Alb. Im Bowlingcenter, im Wirtshaus Tannenmühle, im Vereinsheim des FC Apfelstetten und beim Huberhof hatten Junggesellinnen- und Junggesellenabschiede nach unschönen Vorkommnissen unter Alkoholeinfluss Hausverbot.

Wohin dann?

Bauchladenverkauf von Schnäpsen und Kondomen vor der Therme in Bad Urach? Fallschirm- oder Bungeespringen? Oldtimerrennen am Ring? Paintball beim Jochen? Stripclub und Table Dance Lokal? Partywochenende beim Heavy Metall – Festival in Balingen? Verkleidung als Mönche oder Gorillas?

Diese Vorschläge fanden allesamt keine Mehrheit. Weit nach Mitternacht und eine Flasche Jägermeister später hatte er die zündende Idee: Highländ – Gaims am Wasserfallsteig.

Er erinnerte sich gerne an die 10-tägige Schottlandtour mit Verkostung auf dem Whisky Trail und dem Besuch der Highland Games.

Da könnte sein Dudelsackspiel zum Einsatz kommen, in das er Zeit, Geld und Mühe investiert hatte. Schottenröcke wären das ideale Outfit. „The Pipe", nannten ihn seine Kumpels, weil er die Wette um eine Flasche Glenfiddich 12 gewonnen und „Scotland the Brave" gespielt hatte.

„The Pipe" würde sich heute mal die Gegend ansehen und am Heimweg Hortensia Hufnagel davon überzeugen, dass so ein JGA ganz friedlich ablaufen kann.

Sebastians Fantasie schlug Kapriolen. Beschwingt machte er sich auf den Weg zum Wasserfall.

5. VERSETZT, 4 MIN

Der orangefarbener Mini Cooper bildete einen kräftigen Farbfleck neben dem verstaubten Pick-up und dem silberfarbenen Kombi.

Susanne Schumann registrierte das nicht. Sie stand schon zehn Minuten am Parkplatz ohne auszusteigen. Nicht einmal den Sicherheitsgurt hatte sie gelöst. Völlig versunken lauschte sie dem Hörbuch. Es dauerte nur noch wenige Minuten bis zum Showdown in Sebastian Fietzeks Thriller „AmokSpiel". Würde es dem SEK Gruppenleiter Götz gelingen, Ira Samin in die Berliner City zu bringen, wo sich ein skrupelloser Geiselnehmer im Radiosender verschanzt hatte? Suzy schloss die Augen und lehnte sich voller Anspannung im Fahrersitz nach vorne.

„Hallo, geht es ihnen gut?", ertönte eine besorgte Stimme. Jemand klopfte energisch ans Fenster.

„Kann ich ihnen helfen?", Suzy zuckte zusammen.

Gerade schickte sich das SEK an, das Studio zu stürmen. Unerwartet wurde sie aus dem Buchgeschehen in die Realität katapultiert.

Beim Versuch sich aufzurichten stützte sie sich auf dem Anlassknopf ab. Unter kurzem Aufjaulen hopste der Wagen nach vorne, aber zum Glück sprang der Motor nicht an. Erschrocken trat die ältere Dame einen Schritt zurück und stieß mit dem Rücken gegen das Auto daneben. Der Riemen der Fototasche rutschte Barbara Lenz von der linken Schulter auf die Motorhaube des Kombis. Susanne Schumann betätigte mit zittrigen Händen den Fensterheber und die Scheibe glitt nach unten.

„Ist ihnen übel?", fragte die Frau besorgt.

Klirrend splitterte Glas und Gewehrsalven ratterten dröhnten in die stille Ruhe des Tals. Die Seniorin zuckte zusammen.

Susanne Schuhmann drückte auf die Stopptaste des CD Players. Da grinste die Frau wissend, während sie die rote Regenjacke über der grauen Wanderhose geradezog.

„Aha, Krimifan und Hörbuchjunkie. Ich lese lieber Reiseberichte. Wollen sie auch zur Märzenbecherblüte ins Tal der Kleinen Oster? Ich bin mit dem Bus von Apfelstetten gekommen", erklärte sie ausführlich.

„Äh, ja. Ich warte noch auf eine Freundin", antwortete Suzy.

„Dann sehen wir uns vielleicht noch später", entgegnete die nette Spaziergängerin. Sie lächelte freundlich und schob den Riemen zurück auf die Schulter.

„Na dann", meinte sie. Sie drehte sich um und lief über den Parkplatz auf den Wegweiser zu.

„Die hat die gleichen Scarpa-Schuhe wie ich", schoss es Suzy durch den Kopf. Dann blickte sie auf ihr Smartphone: 10.50 Uhr. Viola war schon 20 Minuten überfällig.

Susanne Schuhmann setzte die Sonnenbrille auf und stieg aus dem Auto. Es wehte ein laues Lüftchen. Eine erste Biene summte vorbei. Beim Mühlencafé wurde das Fenster neben der Tür aufgemacht. Eine Frau mit wuscheliger Lockenfrisur blickte prüfend zum Himmel. Als sie Suzy bemerkte, nickte sie ihr grüßend zu und öffnete auch die anderen Fenster.

Etwas neidisch bewunderte Suzy die üppig gelbe Pracht der Primeln in den Holzkästen auf den Fensterbrettern. Ihre Pflanzkästen auf dem Balkon warteten noch auf Blumenschmuck. Das Projekt musste sie am nächsten Wochenende unbedingt in Angriff nehmen.

Susi ließ ihren Blick schweifen.

> ***Traktoren-Museum Weihermühle***
>
> ***Öffnung, Ausfahrten,***
> ***Führungen nach***
> ***telefonischer Anfrage!***

Stand auf dem Schild neben dem Einfahrtstor der Scheune.

Susanne entschloss sich zu einer kleinen Besichtigungstour. Sie umrundete das Museum und blieb schließlich vor dem Mühlrad stehen. „Es klappert die Mühle am rauschenden Bach.", textete sie ins Smartphone. Die Anspielung würde Viola bestimmt verstehen.

Sie trat einen Schritt zurück. Die gurgelnden Wassermassen flößten ihr Respekt ein. Zwei Enten gründelten im seichten Uferbereich der Kleinen Oster. Susy fotografierte die Postkarten-Idylle und schickte Text und Bild ab.

Sie bückte sich und befühlte das Gras. Das war noch etwas feucht. Sie würde für den Ausflug die Picknickdecke mitnehmen.

10.55 Uhr, das Smartphone piepte und sie las: „Garagenausfahrt blockiert! Defekter LKW! Sorry! Bis morgen! Viola"

„Mist!", entfuhr es ihr. Was sollte sie jetzt tun? „Suzy allein am Bach" schoss es ihr durch den Kopf. Sie stapfte zum Auto, öffnete das Handschuhfach und fand eine angebrochene Packung Saftbärchen. Sie steckte sich ein gelbes in den Mund und kaute nachdenklich darauf herum. Sie schluckte und überlegte.

Nach einer Weile fasste sie einen Entschluss. Sie nahm die rot karierte Picknickdecke aus dem Kofferraum. Dann steckte sie den Reiseführer von Lissabon in den Rucksack. Sie würde die Decke an einem sonnigen Plätzchen ausbreiten und im Reiseführer schmökern. Zum Abschluss würde sie im Café einkehren. So war ihr Plan!

6. VERSTECKT, 4 MIN

„Hey, Pippi Langstrumpf, trallali, trallala, tralla!", schallte es aus dem Fahrradanhänger. Der Radler bremste neben dem weißen Kastenwagen und blickte sich nach einem Abstellplatz fürs Fahrrad um. In dem Moment kam Leben in die Fahrzeuge am Wohnmobilstellplatz.

Walter Wolffberger stieg aus seinem Mietmobil.

Er reckte sich, gähnte, zog dann die Trainingshose über seinen Bauch und den Reißverschluss der schwarzen Vliesjacke zu. Umständlich klappte er die Campingstühle auf, die am Tisch lehnten. Dann wischte er die Tischplatte gründlich mit einem Geschirrtuch trocken.

„Ist das nicht ein herrlicher Morgen, Liebster!", seufzte Liselotte. Sie war hinter ihm im Türrahmen erschien und reichte ihm die Thermoskanne.

„Der verlangt nach Spiegelei mit Speck", konterte Walter.

Hermann und Irmtraud Bregenzer saßen schon vor dem Pössl. Sie blickten neugierig von ihrer Lektüre auf.

„Guten Morgen!", riefen ihnen die Wolffbergers zu.

„Guten Morgen!", grüßten beide freundlich zurück. Dann wandte sich Irmtraud den Schlagzeilen der SZ Online und Hermann dem Wirtschaftsteil der FAZ zu.

Es war ihnen zur lieben Gewohnheit geworden, die beiden Zeitungen online zu lesen, wenn sie auf Literatur-Tour waren.

Aus dem weißen Kastenwagen hörte man lautes Bellen.

„Keine Angst Moritz, der Hund ist eingesperrt", beruhigt Jo den erschrockenen Jungen im Anhänger.

„Warum?", fragte der interessiert.

„Weil ...", setzte sein Vater zu einer Antwort an. Da ging das Lied schon weiter.

„Ein Haus, ein kunterbuntes, trallali, Äffchen und Pferd! Hey, Pippi Langstrumpf!", schmetterte Moritz voller Inbrunst.

Jo schob das Rad am knospenden Holunderbaum vorbei zum Fahrradständer. Ein schwarzes E-Bike war so schräg in den Ständer geschoben, dass man kaum ein zweites festschließen konnte.

„Aussteigen, aussteigen!", ertönte es im Anhänger.

„Alles mit der Ruhe, du Wicht", besänftigte ihn Johannes. Er schlug das Plastikverdeck zurück und löste den Sitzgurt.

„Wo ist die Mama?", Moritz krabbelte heraus. „Mama, wo bist du?", rief er und drehte sich mehrmals um sich selbst.

Beinahe wäre er auf eine Weinbergschnecke getreten, die sich zwischen den frischen Löwenzahnblättern hervorwagte.

„Hallo, Schnecki!", begrüßte sie das Kind und hockte sich daneben in den Kies.

„Das ist eine Weinbergschnecke", belehrte Johannes. Er legte seinen Helm neben die bunte Plastiktüte in den Anhänger.

„Warum weint die?", bohrte Moritz nach. Der Schneck zog erschrocken die Fühler ein. „Warum?", fragte er weiter und kitzelte mit einem Grashalm den Schneckenkörper.

„Wo ist die Mama?", wiederholte er dann.

Die Mama strampelte noch auf der schmalen Fahrstraße von Apfelstetten bergauf zur Weihermühle. Unten beim Huberhof hatte sie kurz angehalten.

Erstens war sie wegen ihrer Schwangerschaft extrem kurzatmig und zweitens musste sie ihrer Schwester Alex eine Nachricht schicken. Die Herdplatte, sie war sich nicht mehr sicher, ob sie die ausgeschaltet hatte. Wenn da ein Küchentuch in der Nähe lag, oder das Holzbrettchen, das sie zum Trocknen daneben gelehnt hatte, umfiel.....

Ihr wurde es heiß und kalt bei dem Gedanken. Vielleicht entwickelte sich jetzt gerade ein tückischer Schwelbrand in der Wohnung. Würden sie bei der Rückkehr ein rauchendes Trümmerfeld und darunter die verkohlten Reste ihrer Habseligkeiten vorfinden? Sicherheitshalber sollte Alex schnell mal vorbeischauen und gut war's.

Die Ziegen Flecky und Blacky blickten traurig aus ihrem Gehege beim Huberhof. In Erwartung einer Ladung Apfelschnitze trabten sie zum Zaun. Bestimmt vermissten sie den Sepp, der sie täglich mit frischen Zweigen versorgt hatte. Steffi mochte den Sepp, diesen listigen Alten, mit dem struppigen, graumelierten Vollbart.

Meist war der Waldschrat mit der Reparatur eines Fahrzeugs beschäftigt, wenn sie mit Moritz einen Ausflug zum Ziegenfüttern machte. Seit er das Museum in der Weihermühle hatte, arbeitete er jedoch nicht mehr am Huberhof. Man munkelte, dass er wegen seiner Liebsten den Bart abgenommen hatte und täglich frisch rasiert die Gäste im Museum begrüßte.

Sie war ja mal gespannt. Sie würde ihm vorschlagen, die Ziegen zum Traktoren-Museum umzusiedeln. Ein Streichelzoo wäre doch eine tolle Idee! Steffi holte Luft und trat wieder in die Pedale. Sie ließ den Hammerfelsen rechts liegen und bog in die breite Auffahrt zur Weihermühle ein.

„Was für ein wunderschönes Fleckchen Erde", dachte sie zum wiederholten Mal.

Leider hatte man die vier alten Eschen wegen Befall durch den Eschenbastkäfer fällen müssen. Jetzt lagen die Stämme neben dem Schuppen. Moritz lief in Schlangenlinien um die Stümpfe. Auf dem ersten Baumstumpf lag ein braunes Schneckenhaus auf einem Bett aus Löwenzahnblättern.

„Mama, hier sind wir!", rief er ihr freudig entgegen. Steffi bremste neben dem Fahrradanhänger.

„Hab ich einen Durst! Die Trinkflasche und die Kekse sind in der Lidl-Tüte", verkündete sie. „Wie sieht es denn mit Pipi machen aus, Moritz? Schnell, schnell hinter den Schuppen."

„Nein, nein, jetzt nicht! Wenn der Dieb kommt und alles Essen und Trinken klaut", jammerte Moritz. Johannes hob die Tüte aus dem Wagen und stellte sie hinter den Holunderbaum.

„Ich verstecke unser Picknick. Dann findet es der Dieb nicht und kann nichts klauen", beruhigte er.

„Erst Pipi, dann Picknick!", rief Steffi. „Widerstrebend trottete Moritz hinter seinen Eltern her. Dann verschwanden die drei hinter dem Schuppen.

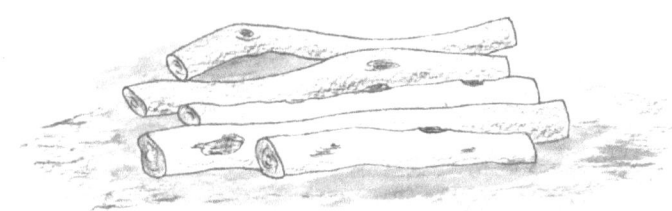

7. VERZWEIFELT, 3 MIN

Ivo war verzweifelt. Er steckte seine letzte Marlboro an, der Chef machte ihm die Hölle heiß und er fand sein Messer nicht mehr.

Mike war verzweifelt. Er trank gerade seine letzte Dose Red Bull, der Ivo war ein unfähiger Trottel und der Chef machte ihm die Hölle heiß.

Kai-Uwe war so verzweifelt, wie ein Pitbull sein kann. Ivo hatte ihn mit dem Befehl: „Aus jetzt, Schnauze, Kai-Uwe!" und einem Fußtritt aus dem Auto befördert, die Leine am Halsband befestigt und um den Außenspiegel geschlungen. Kätzchen saß auf dem Fensterbrett neben dem Blumenkasten, blickte ihn herausfordernd an und putzte sich ausgiebig. Aus der Plastiktüte neben dem Baum schlängelte sich süßer Keksduft in seine Nase.

Im Bus kippte Ivo die Zippertütchen mit dem Meth auf den Tisch und kontrollierte den Inhalt..

„Der kleiner Pisser hat locker 200g vom besten Stoff für sich abgezweigt", stellte er grimmig fest.

„Schwing deinen Arsch aus dem Bus und such! Ich kann mich hier nicht blicken lassen. Bin noch in der Fahndung. Das ist mir zu heiß!", herrschte ihn Mike an. Dann wandte er sich wieder der Pokerrunde auf Sport 1 zu.

Ivo zog die Kapuze über den Kopf. Leise schob er die Seitentür auf und schnupperte. Mm, da waren anscheinend in einem Wohnmobil nebenan Eier mit Speck gebraten worden. Das Wasser lief ihm im Mund zusammen. Er schielte verstohlen zu den Senioren, die vor ihrem WoMo saßen, genüsslich Brötchen bestrichen und aus braunen Henkeltassen tranken. Die Pössl-Bewohner hatten sich in ihren Stühlen zurückgelehnt und genossen die warme Frühlingssonne.

Am Parkplatz standen drei Autos. Die zwei Radler mit ihrem Balg waren hinter dem Schuppen verschwunden. Aus den offenen Fenstern des Cafés drang der Lärm eines Mixers. Wahrscheinlich pürierte die Dralle grade 'ne Biopampe in der Küche.

Vorsichtig stieg Ivo aus. Wo könnte dieser Heinzi nur den Stoff versteckt haben? Zuerst würde er sich die Mühle und die Wohnräume darüber vornehmen. Da war Heinzi ein- und ausgegangen. Später wollte er einen Besichtigungswunsch vortäuschen und sich von der Vogelscheuche mit den buschigen Augenbrauen alle Fahrzeuge in der Scheune haarklein erklären lassen und genau begutachten. Er brauchte das restliche Crystal Meth. Der Chef war in seinem Jähzorn brutal und unberechenbar.

In großen Schritten lief er über den Hof. Hinter dem Baum entdeckte er eine Lidl-Tüte. Er vergewisserte sich, dass ihn niemand beobachtete. Mit einem schnellen Griff stellte er die Tüte auf den Kopf. Eine hellblaue Trinkflasche mit Ritter Rost Aufdruck, eine angebrochene Packung Kinderkekse und eine Tupperdose gefüllt mit Apfelschnitzen kullerten auf den Kies.

Frustriert kickte Ivo die Flasche unter den Fahrradanhänger. Erst jetzt bemerkte Ivo eine zweite Tüte. Sie
war zwischen den Aufsteller und die Hauswand gek-
lemmt. Hatte es Heinzi so eilig gehabt, dass er das restliche Meth hier kurz zwischengelagert hatte? Das wäre
ja ein Glücksfall. Er lauschte. Drinnen zischte eine Es-
pressomaschine.

Vorsichtig zog Ivo die Tüte aus ihrem Versteck und leerte sie auf die Holzbretter der Terrasse. Ein Tablet und
eine Tüte Weingummi kullerten heraus.

Ivo steckte die Süßigkeiten in die Hosentasche. Hastig
schob er das Tablet in die Lidl-Tüte zurück. Das Ding
würde er bunkern und bei Eddy verkaufen. Mike musste davon nichts erfahren.

Suchend blickte er durchs Fenster. Der Gastraum war
noch leer. Über die Rückenlehne der Eckbank war ein
weißes Schaffell gebreitet. Das schien ihm ein sicheres
Versteck. Kurz entschlossen griff er durchs Fenster und
stopfte die Tüte zwischen Fell und Lehne. Später würde

er als harmloser Gast erscheinen und ganz legal mit seiner Beute hinaus spazieren.

Seine Laune besserte sich schlagartig.

Leise pfeifend schlenderte er in den Hof und legte sich sein Vorgehen zurecht.

Plan A: Den Mühlenraum nach dem fehlenden Rest der Drogenlieferung durchsuchen.

Plan B: Den Schuppen auf den Kopf stellen.

Plan C: Übergabe an den Chef, Cash bar auf die Kralle.

8. VERKNIPST, 3 MIN

Barbara Lenz faltete das DIN-A4 Blatt mit dem Plan auseinander. Nach dem Frühstück hatte sie noch schnell im Internet recherchiert und den Wegverlauf für ihren Spaziergang ausgedruckt.

Sie las zum wiederholten Mal den dazugehörigen Text:

„Rund um das Tal der Kleinen Oster gibt es unzählige schöne Wanderungen. Ein Highlight ist auf jeden Fall die Märzenbecherblüte. Im März gibt es außer einem weißen Teppich dieser Frühblüher auch noch vereinzelt den leuchtend roten Kelchbecherling zu sehen. Dieser Pilz ist vom Aussterben bedroht und muss geschützt werden. Wenige Zeit später kommt noch die Blüte des sehr seltenen Lerchensporns hinzu."

Das hörte sich vielversprechend an.

Hier konnte sie sich auch nicht verlaufen. Sie würde sich ganz auf die Motivsuche konzentrieren können. Der Weg war bestens markiert und ausgeschildert. Sie steckte das Blatt in die rechte Jackentasche.

Gemächlich wanderte sie am Bach entlang. Heute würde sie in aller Ruhe die neue Lumix ausprobieren und vielleicht einen seltenen Lerchensporn fotografieren.

Bärbel bückte sich und betrachtete die Blüten an der Uferböschung genauer. Könnten diese rotweiß blühenden Pflanzen Lerchensporne sein? Corydalis cava war kaum noch zu finden. Sie gehörten zu den ersten Frühblühern und wuchsen in Rudeln bei Laubwäldern oder im Gebüschen. Kelchbecherlinge und Märzenbecher hatte sie schon ausreichend dokumentiert.

Bärbel ging in die Knie. Eine Biene krabbelte in die Blüte. So ein Glück! Das perfekte Motiv für eine Nahaufnahme. Sie dreht und schraubte am Objektiv. Warum musste dieses Wunderwerk der Digitaltechnik so viele Einstellungen haben? Intuitive Bedienung! Ha, dass sie nicht lachte.

Sie drückte mehrmals auf den Auslöser. Sie zoomte, ging in die Hocke, veränderte ihre Perspektive. Die Biene summte davon. Bärbel erhob sich. Wunderbar, diese Einsamkeit, diese Idylle!

Morgen, am Sonntag, würde es hier von Ausflüglern wimmeln.

Sie atmete tief durch. Sie stand still. Sie lauschte dem Raunen der Natur und dem Plätschern des Baches. Ein graues Eichhörnchen sauste den Stamm einer Erle hinauf. Zwei Blaumeisen wippten an dünnen Ästen.

Verzückt schweifte ihr Blick über die romantischen Bachauen. In der Biegung unter dem Weidengestrüpp trieb ein länglicher Gegenstand. War das ein abgebrochener Ast oder ein morscher Holzstamm? Neugierig verließ sie den Pfad und bahnte sich den Weg durch das knöchelhohe Gras näher ans Wasser.

Die Strömung spielte mit dem Objekt. Mal tauchte es unter, mal trudelte es gegen die Uferböschung. Eine leichte Brise kräuselte die Wasseroberfläche, gab dem Ding einen Schubs und ließ es sanft bachabwärts treiben. Ragten da Spitzen grüner Gummistiefel aus dem Wasser? Bärbel riss die Augen auf, ihr stockte der Atem. Das war doch nicht möglich! Da schwamm ein Mensch, ein toter Mensch, eine Leiche!

Bärbels Herzschlag schien eine Sekunde auszusetzen. War sie denn vom Tod verfolgt?

Sie hatte die Moorleiche im Wilden Ried entdeckt, dann die keltischen Skelettknochen im Wilden Forst und jetzt wurde sie anscheinend Zeugin eines weiteren Verbrechens.

Was sollte sie tun? Die Wasserleiche würde weitertreiben und verschwinden. Sie musste unbedingt Beweisfotos liefern. Barbara Lenz zückte ihren Fotoapparat und knipste was das Zeug hielt.

9. VERFLIXT, 5 MIN

Ivo hielt kurz inne. Aus den geöffneten Fenstern des Hofcafés ertönte Musik. „Atemlos durch die Nacht" schmetterte Helene Fischer.

Er überlegte kurz. Das Tablet war zwischen Schaffell und Rückenlehne der Eckbank zur späteren Abholung versteckt. Niemand hatte ihn beobachtet.

Für eine erfolgreiche Suche nach dem fehlenden Stoff musste er das Anwesen mit Heinzis Augen sehen. Wo würde der die „heiße Ware" deponieren? Bestimmt war sie in eine Plastiktüte eingewickelt, wie es Heinzis Art war.

Der Mühlenraum wurde als Lagerraum für Garten-geräte und Vorräte genutzt. Dort ging Heinzi ein und aus. Er transportierte mit der Sackkarre Getränke-kisten und mähte mit der alten Sense das Gras vor Fahrradständer und Terrasse.

Ohne sich um den kläffenden Kai-Uwe zu kümmern, schlich Ivo um die Hausecke. Der Eingang zum Mühlen-raum war mit einem Riegel gesichert. Daran baumelte ein loses Vorhängeschloss. Bingo! Er schob den Riegel zurück. Die gut geölten Scharniere verursachten keinen Laut, als er sich durch die Tür schob.

Ivo stand im dämmrigen Mühlenraum und ließ seinen Blick durch den Raum streifen. Aus dem schmalen Fenster fiel ein Bündel Sonnenstrahlen auf die Holzdie-len. Staubkörner tanzten in der Luft. Eine dicke Fliege brummte gegen die Scheibe, fiel auf die groben Holzbohlen, kam auf dem Rücken zu liegen und drehte sich zornig surrend wie ein Kreisel. Neben dem Mahlstein standen braune Papiersäcke.

Ivos Augen gewöhnten sich langsam an das Schummerlicht. Zögerlich ging er weiter. „Mühlengold, unser bestes Mehl" las er auf den Säcken. Unter dem Fensterchen klebte ein Plakat mit bunter Illustration. „Vom Korn zum Mehl" lautete die Überschrift. Anscheinend wurde hier für Publikum Mehl gemahlen.

An der Rückwand lehnten Gummistiefel mit angetrockneten Lehmresten unter den Sohlen. Der Kuhfellbezug der Pantoffeln daneben war schmutzig und abgenutzt. An rostigen Haken hingen ein Parka mit Bundeswehr-Tarnmuster und ein grauer Arbeitsmantel. Am Boden lagen eine dunklen Wollmütze mit schlaffer Bommel und eine weiße Basecap mit dunklen Schweißflecken über dem Schild.

In der Ecke lehnten ein Reisigbesen und ein rostiges Kehrblech mit Handbesen. Die frisch geschliffene Klinge einer Sense funkelte im Dämmerlicht.

Im wackeligen Eckregal türmten sich leere Dosen, ein vergilbtes Paket mit der Aufschrift „Schattenrasen", eine aufgerissene Tüte Schneckenkorn und eine leere Bierflasche. Ein farbverkrusteter Eimer diente als Abfallbehälter.

Zielstrebig lief Ivo durch den Raum. Zuerst würde er sich zuerst das Regal vornehmen. Er tastete den Innenraum jeder Dose ab. Er griff aber nur in Staub, eingetrocknete Farbreste und tote Insekten. Er schüttelte die

Packung mit dem Rasensamen und leerte den Inhalt auf den Boden.

Er schüttelte die Tüte mit dem Schneckenkorn und leerte den Inhalt auf den Boden. Er kippte die Bierflasche um. Er griff in die Taschen des Parkas und des Arbeitsmantel. Er kontrollierte die Gummistiefel und die Pantoffeln.

Verflixt nochmal, der „Stoff" musste hier irgendwo sein. Er ließ sich auf die Knie fallen und klopfte die Dielenbretter systematisch auf eventuelle Hohlräume ab. Er tastete an den Wänden entlang. Zwischen den Wandbrettern fühlte er einen Spalt. Das war doch eine Tür! Ein rostiger Schlüssel steckte in einem unauffälligen Schlüsselloch. „Tschakka!" flüsterte Ivo. Vorsichtig drehte er den Schlüssel. Er drückte sich mit seinem ganzen Körpergewicht gegen die Tür, die sich knarrend einen Spalt breit öffnete. Da ertönte ein hoher Sirenenton.

Sepp stand trunken vor Liebesglück in der Küche. Seine Arme hatte er um die vollschlanken Hüften seiner Hortensia geschlungen. Sie roch so herrlich nach, nach - er konnte es nicht beschreiben, sie duftete einfach himmlisch. Er wollte ihr gerade ein ausgiebiges Guten-Morgen-Bussi geben. Da unterbrach ein schrilles Pfeifen die traute Zärtlichkeiten des Paars.

„Mühlenalarm!", rief er erschrocken. Sofort ließ er die verdutzte Geliebte los und stürmte in den Hausflur. Im Vorbeilaufen, eher Vorbeihumpeln, weil ihm sein Hexenschuss wieder zu schaffen machte, riss er die alte

Flinte von der Wand. Die hing als Dekoration unter dem Sechzehnender, den ein Klapfreuther vor langer Zeit beim Wildern erlegt hatte.

Sepp riss die Tür zum Mühlenraum auf. Wer hatte sich hier eingeschlichen? Den Abfüllraum für das „bekömmliche" Quellwasser durfte kein Fremder betreten. Nur er und Heinzi wussten, dass die „Quelle" für das gesundheitsfördernde Wasser eine ganz normale Wasserleitung war.

Diese lukrative Idee war ihr Geheimnis.

Eine schmale Gestalt stand mit dem Rücken zu ihm und machte sich an der Tür zum Abfüllraum zu schaffen.

„Halt! Raus hier!", brüllte Sepp. „Eintritt verboten!" Mit zitternden Armen hob er das Gewehr und richtete es auf den Eindringling. Der wusste ja nicht, dass die Waffe nicht funktionstüchtig war.

„Hände hoch!", Sepps Stimme überschlug sich. Der Mann hob zögerlich die Hände. Urplötzlich vollführte er eine Drehung, wandte sich Sepp zu, setzte zum Sprung an.

Dabei trat er auf den Grassamen, rutschte aus, strauchelte, verlor den Halt unter den Füßen, versuchte sich am Mühlstein abzustützten, schlidderte über das Schneckenkorn, rutschte aus und wollte sich am Stiel der Sense festhalten. Dann verlor er endgültig die Balance und stürzte nach vorne.

Mit einem unangenehmen Knirschen schnitt die frisch geschliffene Klinge von Heinzis Sense durch Ivos Hals. Das Mühlrad klapperte, die Kleine Oster zog rauschend vorbei, ein Entenpaar schnatterte.

Wie versteinert starrte Sepp auf das Szenarium. Der Eindringlich lag bäuchlings in einem Gewirr aus alten Dosen. Blut quoll stoßweise aus einer häßlichen Halswunde. Es sammelte sich in einer Lache auf einem Stück Linoleum, mit dem der Bretterboden geflickt worden war. Dann floss es als Rinnsal weiter über die staubigen Bohlen. Es tropfte neben dem Mühlrad ins Wasser, färbte eine Stelle rot, wurde verdünnt und dann endgültig vom Bach verschluckt.

10. VERSPEIST, 3 MIN

So ein Glück? Oder sollte man es Zufall nennen? Oder Vorsehung? Oder einfach Kai-Uwe-Tag? Zuerst musste ich diesen Mike dazu bringen, die Leine vom Rückspiegel loszumachen. Ich heulte, winselte, bellte, knurrte, jaulte was das Zeug hielt. Ich geriet stimmlich tatsächlich an meine Grenzen. Ich zerrte und zog an der Leine und tatsächlich, sie löste sich.

Kaum war ich frei, machte ich mich über die Kekse neben dem Fahrradständer her. Als Zugabe verdrückte ich eine Ladung Apfelschnitze und leckte schließlich die blaue Dose sorgfältig aus.

Jetzt konnte das Leben beginnen. Ich hielt meine Nase in die Luft und schnüffelte.

Die Welt war erfüllt von verheißungsvollen Düften. Dem Nikotingestank von Ivo wollte ich nicht folgen. Ich hasste ihn. Der hatte mich nur aus dem Tierheim geholt, weil er mit mir angeben wollte. In aller Bescheidenheit - ich mache ja auch wirklich etwas her. Mit meinem muskulösen Körper, dem breiten Schädel und den seitlich abgeknickten Ohren habe ich Ähnlichkeit mit einem durchtrainierten Schwergewichtsboxer. Ursprünglich wurden meine Vorfahren in Amerika für grausame Hundekämpfe gezüchtet.

Ich würde meinen Charakter eher als selbstbewusst und menschenfreundlich bezeichnen. Ich bin ein treuer, verspielter Familienhund, wenn man mich nicht quält, schlägt und scharf macht. Neugierig bin ich obendrein und abenteuerlustig.

Ich würde den Weg bachaufwärts laufen, in Mäuselöchern am Ufer graben, vielleicht einem Maulwurf nachspüren und oben beim Wasserfall ein kühles Bad nehmen.

Die Mittagssonne brannte mir aufs kurze, braune Fell. Mit hochgereckter Rute trabte ich am Wasserlauf entlang. Der breite Spazierweg ging bald in einen schmalen Pfad über. Ein alter Holzstumpf roch herrlich vermodert, förderte beim Umdrehen aber nur eine Assel-Großfamilie zutage.

Da wurde meine Nase von einem aufdringlich süßen Geruch beleidigt. Den verströmten die weißen Blumen, die rechts und links am Bachufer blühten. Ich nieste heftig und hätte beinahe einen Schmetterling verschluckt, der sich zu nahe an meine Nase gewagt hatte.

Mitten im Blumenteppich hockte eine rot gekleidete Menschin, die sich ein komisches Ding vors Gesicht hielt. Glücklicherweise wandte sie mir den Rücken zu. Getreu meiner Devise: „Vorsicht bei Menschen!" galoppierte ich weiter. Leider wurde ich immer wieder gebremst, weil sich meine Leine an kleinen Ästen oder Grasbüscheln verfing. Gleichmäßiges Rauschen kündigte den nahen Wasserfall an.

Da ertönte schrilles Pfeifen aus Richtung der Weihermühle. Dann folgte ein dumpfem Brummen aus Richtung des nahen Wasserfalls. Für sensibles Hundegehör war beides schier unerträglich! Woher sollte ich wissen, dass ich die Alarmsirene im Mühlenraum gehört hatte. Die dumpfen und schrägen Töne kam aus dem Smartphon, das Sebastian Rufer in seine Schuhe gesteckte hatte, bevor er die Wassertemperatur im Becken des Wasserfalls testen wollte. Dudelsackmusik als Klingelton, das war mir unbekannt. Ich entdeckte das Paar neongrüner Skeaters sofort. Es standen ordentlich am Rand des Wasserfallbeckens hinter rundgeschliffenen Kieselsteinen. Schon spürte ich die feine Gischt des Wasserfalls in meinen Augen.

Die unerträglichen Töne erzeugte ein kleiner Kasten, wie ihn Ivo und Mike oft ans Ohr hielten. Das Sprechding ragte aus einem Schuh. In sicherem Abstand zum Wasserbecken hatte jemand Kleidung sorgfältig zusammengefaltet abgelegt. Aus dem grünweißen Bündel roch es nach Apfel und Zimt. Den Geruch kannte ich, weil Ivo manchmal Apfelkuchen aß und mir dann die Aluverpackung zum Auslecken hinwarf. Jetzt hielt mich nichts mehr. Der Ausflug hatte mich wieder hungrig gemacht. Ich schnüffelte aufgeregt in dem Kleiderberg. Sabber tropfte auf die Steine. Mit vorgereckter Nase wühlte ich mich durch den Stoff. Endlich bekam ich mit den Eckzähnen das Zimtapfelding zu fassen. Ich kaute, ich schluckte, ich war in Extase.

„Weg da! Aus! Hilfe! Hilfe!" tönte es hinter mir. „Das ist mein Müsliriegel!" Ich hielt inne und dreht meinen Kopf. Die Gestalt im Wasser hatte ich vorher nicht bemerkt. Der Nackte hielt ein Messer in der Hand.

11. VEREIST, 4 MIN

Suzy ließ die Seele baumeln.

Sie lag lang ausgestreckt mit geschlossenen Augen auf der Picknick-Decke. Die hatte sie an einem sonnigen Plätzchen am Bachufer der Kleinen Oster ausgebreitet. Arme und Beine von sich gestreckt, räkelte sie sich in der warmen Frühlingssonne. Daunenjacke und Shirt dienten als Kopfkissen. Die Hosenbeine der Jeans hatte sie bis zu den Knien aufgekrempelt. Der Dumont Reiseführer von Lissabon lag unberührt im Gras. Susy war gerade einfach zu träge für Reiseplanungen.

Sie lauschte dem Zwitschern der Vögel, fühlte Gras und Erde unter ihren Handflächen. Das gleichmäßige Rauschen des Bachs lullte sie ein. Vielleicht war sie sogar ein wenig eingenickt.

Ein brauner Hund mit bulligem Körperbau trabte am Pfad hinter ihr über knorrige Wurzelstöcke bergauf.

Sie hörte ihn nicht.

Eine aufgeregte Seniorin stapfte eilig durchs Gras.

Sie bemerkte sie nicht.

Heinzis sterbliche Hülle glitt lautlos in der Strömung an ihr vorbei.

Sie sah es nicht.

„Autsch!", da hatte sie doch eine frühe Mücke in die Wade gestochen. Suzy fuhr in die Höhe und blickte auf die Armbanduhr. Wenn sie noch zum Wasserfall und ins Hofcafé wollte, sollte sie jetzt aufbrechen.

Ärgerlich kratzte sie an der geröteten Stelle. Sie schlüpfte ins Shirt, band sich die Jacke um die Taille und rollte die rotkarierte Decke zusammen.

Gut gelaunt marschierte sie den Pfad Richtung Wasserfall entlang.

Der letzte Teil des Weges führte über steile Holzstufen. Rechts konnte man sich am Holzgeländer festhalten, links waren schmale Drahtseile im Fels befestigt. Der Mischwald strahlte im hellen, knospigen Grün. Es roch nach Moos und Walderde. Eine Taube gurrte, ein Hund kläffte.

„Weg da! Aus! Hilfe! Hilfe!", schallte es durch den Wald.

Suzy stutzte, blieb erschrocken stehen. Sie blickte sich um. Kein Spaziergänger war zu sehen. Die saßen bestimmt alle bei Hortensia und verspeisten den leckeren Kuchen von dem Viola so geschwärmt hatte.

Sie zögerte. Sollte sie den Notruf wählen, sollte sie zurückeilen und Verstärkung holen? Sollte sie umkehren und einfach weglaufen? Sollte sie weitergehen und der Sache auf den Grund gehen?

Mit der rechten Hand suchte sie in der Innentasche der Steppjacke. Gott sei Dank, sie hatte das Pfefferspray dabei. Das trug sie immer bei sich, wenn sie alleine joggte, radelte oder wanderte.

Zögerlich nahm sie eine Stufe nach der anderen. Hundegebell und Rufe wurden lauter.

Sebastian Rufer und Kai-Uwe waren noch nicht in ihrem Blickfeld.

Sebastian war vor einer halben Stunde am Wasserfall angekommen. Er war völlig euphorisch von seinem Plan für Dannys JGA, dem Junggesellenabschied. Es würde eine coole Wild Water Party geben. Vielleicht sollte er eine Ice Water Challenge mit einem Mutsprung ins eiskalte Becken einbauen. Das könnte er auf YouTube hochladen oder auf Facebook stellen. Er träumte von millionenfachen Klicks.

Ihm war mächtig heiß in seinem Bikeranzug. Kleine Abkühlung gefällig? Er grinste und blickte sich um. Nichts regte sich. Er stand allein im Wald. Waren wohl alle im Hofcafé und füllten sich mit Hortensias Kuchenspezialitäten die Bäuche.

Sebastian schlüpfte aus den Fahrradschuhen. Er stellte sie ordentlich hinter eine Gruppe großer Kieselsteine. Wie ein zartweißer Vorhang hüllte der Wasserfall die vermooste Steinwand ein.

Sebastian riss sich vom Anblick dieses Naturschauspiels los, und vertraute das Smartphone seinem linken Schuh an. Der rechte war schon mit seinen Socken belegt. Mit einem Handgriff zog er den Reißverschluss auf und schlüpfte aus dem Bikeranzug. Er faltete ihn zusammen und deponierte ihn neben den Schuhen in sicherem Abstand vom Wasserfall. Feine Gischt erfüllte die Luft und hinterließ winzige Wasserperlen auf Sebastians nacktem Körper.

Probehalber steckte er den großen Zeh ins Wasser. Er hielt die Luft an, tauchte vorsichtig erst einen Fuß ins eisige Nass. Dann folgte der andere.

„Oooahhh!", ein Tarzanschrei entfuhr Sebastian. Was für ein geiles Gefühl! Er watete weiter ins knöcheltiefe Becken. Nach und nach tauchte er seine Arme bis zu den Ellbogen ein. Mit dem linken Arm stieß er gegen etwas Hartes, Metallisches. Bei näherem Hinsehen erkannte er ein Messer, das bis zum Schaft im sandigen Untergrund steckte. Sebastian packte es am Griff und zog es heraus. Da dudelte sein Smartphone los. Sofort begann ein Hund zu bellen. Wie aus dem Nichts war der am Ufer aufgetaucht und schnüffelte an seiner Kleidung. Er wandte sich von den Schuhen ab und wühlte aufgeregt im Trikot. Dann stützte er sich auf den Vorderpfoten ab und riss mit spitzen Eckzähnen am Stoff.

Jetzt fand er den Müsliriegel in der Tasche, sabberte, schmatzte und kaute. Das war doch nicht zu fassen! Dieses Monster zerfetzte seine teure Funktionskleidung!

„Weg da! Aus! Hilfe!", brüllte Sebastian und drohte mit dem Messer, um den Köter zu verscheuchen. Dann änderte er seinen Plan. Er bückte sich und suchte nach einem Kiesel, um ihn nach dem Hund zu werfen. Ein spitzer Stein bohrte sich schmerzhaft in die Fußsohle. Sebastian erschrak, verlor sein Gleichgewicht und landete unsanft auf dem Po im eisigen Wasser.

In diesem Moment erschien Susanne Schuhmann auf der Bildfläche. Kai-Uwe hatte sich beruhigt. Er beäugte zufrieden die Kleiderfetzen. Speichel tropfte von seinen Lefzen auf die Verpackungsreste des Müsliriegels. So einen Spaß hatte er schon lange nicht mehr gehabt!

Leider hatte sich seine Leine im Gestrüpp verheddert. So beschloss er, sich erst mal auszuruhen und den kleiderlosen Menschen im Wasser bei seinen Verrenkungen zu beobachten. Da kam auch noch eine Menschin, die nach Frauenschweiß roch. Das könnte interessant werden!

12. VERGESSEN, 5 MIN

Heinrich Blumstein war bestens gelaunt. Katjas Einladung zum Ausflug in die Weihermühle kam ihm heute gerade recht.

Die ganze Nacht hatte ihn seine Narbe am Knie geschmerzt. Er hatte sich stundenlang im Bett gewälzt ohne Schlaf zu finden. Ungelöste Fälle aus seiner aktiven Dienstzeit als Leiter der SOKO Rauschgift rumorten in seinem Gedächtnis. Um drei Uhr morgens zog er in den Lehnstuhl im Wohnzimmer um. Dort war er dann etwas eingedöst. Erst in der Morgendämmerung verflogen die dunklen Schatten. Als die ersten Vögel draußen zu pfeifen begannen, stand er auf. Er goss sich eine Tasse Pfefferminztee auf und holte die Zeitung aus dem Briefkasten.

Jetzt saß Heinrich Blumstein zufrieden lächelnd auf dem Beifahrersitz des blauen Twingo. Fürsorglich hatte Katja den Sitz ganz zurückgefahren, damit er das angeschlagene Bein ausstrecken konnte.

Trotz einer Vielzahl von Operationen war das Knie nach der Schussverletzung nicht mehr ganz funktionstüchtig geworden. So entschloss sich der Polizeihauptkommissar schweren Herzens für den vorgezogenen Ruhestand. Er verkaufte seine Altbauwohnung, die ihm einen traumhaften Blick über die Stadt bot. Leider lag sie im 4. Stock und hatte keinen Aufzug. Seit kurzem genoss er zusammen mit Cora, seinem Nymphensittich, die Annehmlichkeiten des Betreuten Wohnens im Elisa-bethenstift.

Er lernte Katja kennen, als sie im Büro nach dem Schlüssel für sein Kellerabteil bat. Dort war noch die letzte Kiste mit Ernas Rettichs Büchern gelagert. Er lud die sympathische junge Frau zu einer Tasse Tee ein. Kaum standen die dampfenden Tassen mit dem Pfeffer-minztee auf dem Tisch, brach sie völlig unerwartet in Tränen aus.

Schluchzend stammelte sie, dass Pfefferminze die Lieb-lingsteesorte ihrer verstorbenen Omi gewesen sei. Die zarten Pfefferminzplättchen, die er ihr angeboten hatte, seien auch deren Lieblingsschokolade gewesen. Tränen kullerten über Katjas Wangen.

Dann berichtete sie ihm von dem Brief. Sie erzählte, sie hätte lange nicht den Mut aufgebracht ihn zu lesen und ihn überall mit sich herumgetragen. Nach Wochen öff-nete sie schließlich den zerknitterten Umschlag. Doch die altmodische Schrift war schwer zu entziffern. Sie war sich nicht sicher, ob sie alles richtig verstanden hatte. Nymphensittich Cora verfolgte die Unterhaltung mit schiefgelegtem Kopf. Er saß wieder mal auf der Ses-sellehne und nicht in seiner Voliere.

Der Vogel fixierte die Gebäckschale und stibitzte dann blitzschnell einen Schokoladenkeks.

Das heiterte die trübe Stimmung auf. Heinrich meinte: „Sütterlinschrift zu lesen ist für mich kein Problem. Die hab ich in der Schule gelernt, wenn auch lange nicht mehr geschrieben."

Bei einem zweiten Treffen gingen sie den Brief gemeinsam durch. Der Inhalt warf neue Probleme auf und weckte gleichzeitig Heinrich Blumsteins kriminalistischen Spürsinn.

Er braucht wieder etwas Abwechslung, Nervenkitzel, Arbeit für seine kleinen grauen Zellen.

Es war halt doch recht beschaulich, um nicht zu sagen langweilig im Betreuten Wohnen. Aus alter Gewohnheit heraus beobachtete Heinrich die Mitbewohner genau. Wiederholt konnte er beim Auffinden von verlegten oder verloren gegangenen Gegenständen behilflich sein.

„Hätten sie Lust mich heute zum Hofcafé bei der Weihermühle zu begleiten?", fragte ihn Katja eines Tages. Er hatte ihr von seinen früheren Wanderreisen und Bergtouren erzählt. „Am Wasserfall kann man die Naturkräfte spüren und Kraft tanken."

„Der hausgemachte Kuchen im Café soll exzellent sein", antwortete Heinrich.

Das hatte sich bis ins Seniorenstift herumgesprochen.

Jetzt saß er tatsächlich in Katjas Auto auf dem Parkplatz der Weihermühle.

Auf der Terrasse spannte eine Frau im grünen Dirndl rote Sonnenschirme mit weißem Brauereilogo auf.

„So, da wären wir!", verkündete Katja. Sie hatte ihren Twingo neben einem orangefarbenen Mini Cooper eingeparkt.

„Das wäre mein Traumauto" seufzte Katja, „aber mit meinem Gehalt als Physio ist nicht dran zu denken." Sie würdigte den silberfarbenen Kombi und den ver- beulten Pick-up auf dem Parkplatz keines weiteren Bli- ckes.

Katja beugte sich nach hinten und angelte die lilafarbe- nen Regenjacke vom Rücksitz.

„Doch noch ein kühles Frühlingslüftchen, trotz Sonnen- schein", meinte sie.

Heinrich löste den Sicherheitsgurt. Um seine Kleidung machte er kein Aufhebens. Lederschuhe, Jeans, graues Hemd und schwarze Lederjacke. Das trug er schon seit Jahren. Entsprechend seiner Tageslaune wählte er die passenden Hosenträger aus seiner umfangreichen Sammlung.

Heute trug er die zünftigen Roten mit dem Edelweiß- muster. Die Träger hatte er vor Jahren in Lech gekauft, wohin er nach der Hüttenwanderung über die Lechquel- lenrunde abgestiegen war.

Heinrich öffnete die Beifahrertür und quälte sich äch- zend aus dem Sitz. Katja lief ums Auto. Sie holte den schwarzen Stockschirm und ihre Umhängetasche aus dem Kofferraum. Der handgearbeitete Herrenschirm mit dem Griff aus kanadischem Ahorn war Heinrich Blumsteins Souvenir von einem internationalen Kon- gress in London.

Der Kommissar i.R. legte die Arme aufs Autodach und blickte interessiert zum Wohnmobilstellplatz.

Drei Womos hatten dort Quartier bezogen.

Vor einem dunkelblauen Kastenwagen mit Aufdruck „Pössl 2 Win" saß ein Paar. Beide waren in dicke Wälzer vertieft. Auf dem Campingtischchen lag neben einer hellblauen und einer froschgrünen Kaffeetasse eine leere Bäckertüte. Das Pärchen vor dem Hymer-Mobil las in großformatigen Zeitungen. Man konnte nur dunkle Jogginghosen und weiße Haarbüschel sehen.

Vor dem weißen Kastenwagen stand keine Sitzgruppe.

Gerade schob jemand die Tür zur Seite und steckte vorsichtig seinen Kopf heraus. Dann folgte eine Hand, eine Zigarette und schließlich erschien eine schwarz gekleidete Gestalt im Türrahmen. Sie sprang heraus und lief mit energischen Schritten über den Hof.

Heinrich stutzte.

Diese Figur kannte er doch. Diese Art zu gehen war einmalig. Das war er, da war er sich ganz sicher. Um die Mitte hatte das schmächtige Männchen etwas Fülle angesetzt. Es lief nach vorne gebeugt, in wiegendem Seemannsschritt, als wenn es gegen einen Sturm anzukämpfen hätte.

„Hier ist ihr toller Schirm! Oder soll ich sie lieber unterhaken?", unterbrach Katja seine Gedanken. Den Stockschirm mit dem stabilen Stahlstock benutzte er seit seiner Verletzung als Krücke. „Nein, nein! Ich geh wie immer mit Schirm, Charme und Melone", antwortetet er schmunzelnd, obwohl er sich nicht sicher war, ob Katja den Witz verstand und die Kultfernsehserie aus den Sechzigern kannte.

Katja drückte ihm seine Gehhilfe in die rechte Hand und hakte sich am linken Arm unter.

„Jetzt bestellen wir uns erst mal Capuccino. Pfefferminztee ist heute verboten! Welche Kuchen Hortensia heute wohl hat? Auf der Aufstelltafel steht noch nichts. Da liegt ja Nemo auf dem Fahrradanhänger!"

Katja plapperte in einem fort. Heinrich Blumstein nahm sich vor Katja einzuladen und wünschte sich insgeheim Sachertorte mit Sahne.

Schon waren alte Bekannte und Knieschmerzen vergessen.

13. VERGANGEN, 2 MIN

Das ist mein letzter Brief und Ergänzung zu meinem letzten Willen.

Meine liebe Katja, mein liebes Kind!

Jegliche Geldaufteilung auf dem Verkauf meines kleinen Hauses zu gleichen Teilen an meinen Sohn Luis und an dich, liebe Katja, hat schon stattgefunden. Meinen Haushalt habe ich vor dem Umzug ins Elisabethenstift fast ganz auf gelöst.

Es wäre mir schon recht, wenn du die Fotoalben und meine Lieblingsbücher auf dem Wohnzimmer bei dir in Ehren halten würdest.

Du hast mich immer besucht. Du hast dir den Kopf freigehalten und mir von kraftvollen, richtigen Ahnen, Erziehung und entscheidenden Essen erzählt. Ich hab dir von meinen Zipperlein vor= gejammert und von früher erzählt.

Allen Schmuck und mein altes Kochbuch geht an dich, liebe Katja. Beides habe ich im Schließfach hinterlegt.

Das ist mein letzter Wille.

Ich weiß nicht, wie lange ich noch fit er auf Erden bin.

Aber der Herrgott wird es schon recht machen und mich zur richtigen Zeit holen. Ich habe ein langes Leben hinter mir und bin zufrieden. Ich habe immer so gute Leute getroffen.

Du bist noch jung. Höre immer auf dein Bauchgefühl und schlafe eine Nacht über wichtigen Entscheidungen.

Den Schlüssel zum Schließfach bei der Bank habe ich dem Tommi gegeben. Du weißt schon, dem Luchi, der mich so gut betreut hat.

Meine Adresse hat Eugenie Linkenbach im Büro.

Gott behüte dich! Bete für mich!

Ich habe dich über alles geliebt.

Deine Omi Eva

14. VERLAUFEN, 3 MIN

In schweigender Eintracht marschierten sie nebeneinander her. Die Profilsohlen von drei Paar Outdoorschuhen knirschten auf dem Kies.

Jeder der Männer war in Gedanken versunken. Ingbert, Gisbert und Wilbert liefen achtlos an blühenden Märzenbecherfeldern, dem glucksenden Bach, dem frischen Waldesgrün vorbei. Ingbert dachte mit Unbehagen an den morgigen Besuch der Caravanmesse. Wie konnte er Uschi bloß die fixe Idee mit dem Womo ausreden?

Gisbert ging alle Stationen durch, an denen er seine teure Autofahrbrille liegen gelassen haben könnte. War sie ihm beim Briefmarkenkauf am Postschalter oder bei der Beratung an der Wursttheke beim Metzger Eisele abhanden gekommen?

Wilbert dachte an Hortensias köstlichen Schokoladenkuchen mit Kirschfüllung.

Der war auch ein Grund, warum er gestern die Tüte mit dem geliehenen Tablet der Modellsportgruppe im Café vergessen hatte. Eine Lidl-Tüte war ja auch nicht die geeignete Verpackung für so ein teures Gerät.

Der Drohneneinsatz, den die Modellsportgruppe ausbauen wollte um Rehkitze aufzuspüren, war schon eine interessante Sache. Da würden sie sich gerne in die Schulung einbringen und gleichzeitig ganz nah an der neuesten Technik sein.

„Habt ihr schon gewusst, dass Australische Keil-schwanzadler aus 100 Metern Höhe unerwünschte Drohnen erkennen und mit scharfen Krallen und Schnäbeln zerstören?", fragte er unvermittelt in die Stille.

„Ich hab gelesen, dass man in den Niederlanden Weiß-kopfseeadler darauf trainiert, Drohnen zu packen und dann intakt zu Boden zu bringen", prahlte Gisbert mit seinem Zeitungswissen, „wenn sie den Flugverkehr stö-ren."

„In Japan soll man eine Minidrohne entwickelt haben, die die Bestäubung übernimmt, wenn alle Bienenvölker ausgestorben sind", ergänzte Ingbert.

„Ich hab gemerkt, dass wir die Abzweigung zum Was-serfallsteig verpasst haben müssen, weil der Weg nicht mehr aufwärts führt", Gisbert und blieb abrupt stehen.

„Gscheidle!", moserte Wilbert.

„Wir hätten beim Hammerfelsen bergauf gehen müs-sen", schob Ingbert nach.

„Do lengs nomm", brodelte Wilbert. „Des isch der Weg über den Hummelberg und durchs Mückental. Jetzt müssen wir den Umweg machen, um wieder zum Park-platz zu kommen. Vielleicht hat wenigstens der Gasthof Tannenmühle schon geöffnet."

„Beeilung die Herrschaften!", witzelte Ingbert und blickte sorgenvoll zum Himmel. Eine dunkle Gewitter-front schob sich von Westen herauf. Windböen kündig-ten das nahende Unwetter an.

Gisbert zog sein Smartphon aus der Jackentasche. „ Ich hab die Landkarten App geladen. Immer mir nach! Wenn wir über die Wiese gehen, stoßen wir auf die Straße ins Mückental."

„Gscheidle!", moserten Wilbert und Ingbert unisono.

Dann bogen sie hinter Gisbert nach links in einen schmalen Pfad ab.

Schweigend beschleunigten sie ihr Tempo. Die Profilsohlen von drei Paar Outdoorschuhen hinterließ keine Spuren auf dem Wiesenweg.

15. VERLADEN, 2 MIN

„Fehlalarm! Alles ok! Bleib im Flur! Kätzchen hat den Alarm ausgelöst!", rief Sepp Hortensia zu. Die war erschrocken in den Flur gelaufen, traute sich aber nicht in den Mühlenraum. Sepp räusperte sich und versuchte seiner Stimme wieder einen normalen Klang zu geben.

„Bin gleich wieder da!", schob Sepp nach. Hoffentlich kam Hortensie nicht auf die Idee ihm zu folgen.

Er überlegte fieberhaft, wie er die Leiche, und tot war der unbekannte Eindringling, diskret entsorgen konnte.

Sepp wankte mit zitternden Beinen in den Hausflur und hängte die alte Flinte zurück an den Haken unter dem Hirschgeweih.

Die Tür zum Mühlenraum mit dem Schild „Eintritt verboten!" knallte er sofort hinter sich zu.

Der Schreck steckte ihm noch gehörig in den Gliedern. Was sollte er mit diesem Fremden machen, der in den Mühlenraum eingedrungen und durch einen Fehltritt in die Sensenklinge gestürzt war? Die Polizei durfte er auf keinen Fall einschalten. Die würden im Zuge der Ermittlungen bestimmt auf die Abfüllanlage des „bekömmlichen Quellwassers" aus dem Wasserhahn stoßen.

Dieses lukrative Wassergeschäft wollte er nicht verlieren. Wer würde ihm den Unfallhergang glauben?

Seine Gedanken überschlugen sich. Hortensia musste er da ganz raus halten. Wohin mit der Leiche?

Gerade jetzt passierte ihm so ein Missgeschick, gerade jetzt, wo alles so gut lief. Gerade jetzt, wo er ein spätes Glück mit seiner Holly gefunden hatte.

„Iii! Du stachelst!", hatte sie bei jedem Bussi gekreischt. Schweren Herzens rasierte er sein „Gestrüpp" ab. Ohne Bart wirkte er um Jahre jünger und wurde damit seinem neuen Image als Museumsbesitzer und Geschäftsmann gerecht.

Seine verbeulte Cordhose ersetzte er durch Jeans und die dunkelbraune Lodenjoppe durch eine handgestrickte Schafwollweste mit Zopfmuster und Hirschhornknöpfen.

„Kannst du schnell Heinzis Schrottkarte vom Parkplatz hinters Haus fahren? Heute kommt die Reporterin vom Tagblatt. Der Schlüssel steckt!", unterbrach Hortensias Stimme seine Gedanken. „Dein Wunsch ist mir Befehl, liebste Holly! Du bist die Chefin!" Sepp umarmte sie kurz und stürmisch, bevor Hortensia lachend in der Küche verschwand.

Dann stürzte er nach draußen. Unbewusste hatte ihm Holly die Lösung für einen Leichentransport geliefert. Heinzis alter Pick-up!

Hortensia begann arglos die Kartoffeln für die Bärlauchsuppe zu schälen, während Sepp zum Pick-Up hastete. Tempo! Tempo! Jetzt musste es schnell gehen! Atemlos fingerte er an den Ösen der grauen Plane, die die Ladefläche bedeckte.

Er riss die Fahrertür auf und rutschte auf den zer-
schlissenen Sitz. Hastig trat er die Kupplung durch, betätigte den Anlasser und der Motor heulte auf.

Kätzchen Nemo sprang erschrocken von der Motorhaube. Sepp gab Gas und steuerte den Lastwagen vor den
Hinterausgang des Mühlenraums. Von den extrem reiß-
festen grauen 240l-Müllsäcken für den Gastrobetrieb
lag eine neue Rolle im Abfüllraum. Die würde reichen.

16. VERSAMMELT, 4 MIN

Steffi und Johanni blickten sorgenvoll zum Himmel.

Ein Windstoß fuhr unter die Abdeckung des Fahrradanhängers und trieb eine leere Plastiktüte mit blauem,
roten und gelben Aufdruck quer über den Hof. Über
dem Rabenfelsen quollen dunkle Wolken auf.

Sie schoben sich vor die Frühlingssonne und zogen
rasch in Richtung Weihermühle. Steffi und Jo saßen auf
den Holzstufen vor dem Café. Sie hatten bis vor kurzem
Schneckenhäuschen und Kieselsteine gesucht. Mo spielte jetzt mit seinen Schätzen, während seine Eltern Flie-
senmuster am iPhone durchgeklickt. Bis nächste Woche
mussten sie sich entschieden haben. Sollten sie das
Schachbrettmuster oder das Metromuster für die neue
Küche nehmen? Die beiden hatten die Welt um sich herum vergessen.

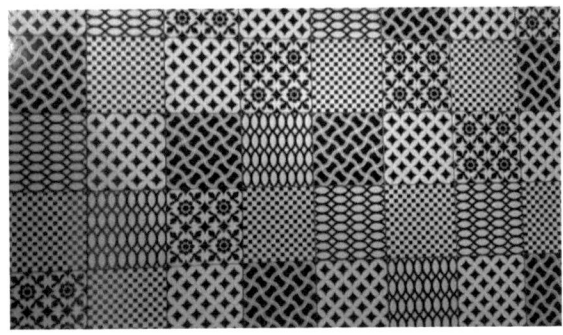

„Mama, Papa, schaut mal!", hörten sie Mo plötzlich rufen.

Beide blickten auf. Der Kleine hielt einen Kreidestumpf in der Hand und blickte zufrieden auf die schwarze Auf-stelltafel neben der Eingangstür zum Café. Hortensia hatte heute das Anschreiben der Tagesgerichte verges-sen. Mo hatte ein Stück Tafelkreide am Boden entdeckt und den Aufsteller für seine Malkünste genutzt.

„Das ist meine Mama, das ist mein Papa, das bin ich und das ist mal mein kleiner Bruder." erklärte er die Kopffüßler-Zeichnung.

Er umrandete das Familienbild mit einem krakeligen Herz. „Und alle sind verliebt."

„Das hast du ja super gemacht!", rief Steffi begeistert, „Das muss ich gleich fotografieren und der Oma Boden-see schicken. Schnell, bevor es zu regnen beginnt."

Eine starke Windböe rüttelte an der schief aufgestellten Markise des Hymer-Mobils und trieb lose Zeitungsblätter über den Parkplatz, die unter dem Twingo verschwanden.

Dumpfes Grollen ertönte aus dem finsteren Wolkengebirge. Das Gewitter kündigte sich lautstark an.

Die ersten dicken Tropfen klatschten auf die Terrasse.

Hortensia schloss eilig die Fenster.

„Aber jetzt schnell ins Trockene!", mahnte Steffi und drängte das Kind ins Haus. Jo verschloss die Plane des Fahrradanhängers regensicher, packte den Rucksack und lief hinterher.

Drinnen roch es appetitlich nach Kaffee und frisch gebackenem Kuchen. Im Gastraum nahm Hortensia gerade die Bestellung eines älteren Herrn auf. Die junge Frau im pinkfarbenen Shirt, die neben ihm saß, hatte das Kinn auf in die Hände gestützt und studierte die Speisekarte.

„Heute gibt es frischen Rhabarberkuchen mit Biorhabarber und Schokokuchen mit Sauerkirschfüllung. Das Obst ist vom Biohof Bunzelt", erklärte die Wirtin. „Ich nehm den Schokokuchen. Aber bitte mit Sahne", orderte der Mann mit den breiten Hosenträgern mit Blumenmuster. „Ich nehm den Obstkuchen aber ohne Sahne", hörte Jo noch die Frau sagen, als ein Windstoß einige Servietten von den Tischen fegte.

Hortensia stürzte hinaus und schloss hastig die aufgespannten Sonnenschirme. Jetzt begann es stärker zu regnen. Starker Wind peitschte die Tropfen gegen die Fensterscheiben.

Da näherte sich ein seltsames Gespann aus Richtung Wasserfallsteig. Hortensia blieb trotz des einsetzenden Regens wie angewurzelt im Türrahmen stehen. Ein junger Mann, eingehüllt in eine rotkarierte Decke, die er wie eine Toga um sich geschlungen hatte, eilte im Sturmschritt auf das Gebäude zu. Neben ihm versuchte eine schmale weibliche Gestalt mit ihm Schritt zu halten. Sie hatte die Kapuze ihrer blauen Jacke tief ins Gesicht gezogen und ein Stoffbündel gegen die Brust gepresst.

In einigem Abstand rannte jetzt eine Frau in roter Jacke aus dem Wald. Mit der einen Hand hielt sie ihre Kapuze fest, mit der anderen schwenkte sie aufgeregt einen Gegenstand, der wie ein Fotoapparat aussah. Sie schien etwas zu rufen. Der brausende Sturm riss ihr die Worte vom Mund.

Auch in die Bewohner am Wohnmobilstellplatz kam Bewegung. Walter Wolffberger kurbelte umständlich an der im Sturm knatternden Markise, während Liselotte hastig die Stühle zusammenklappte.

Hermann und Irmtraud Bregenzer brachten Bücher und Sitzgelegenheiten in Sicherheit. Sie schlossen die Schiebetür ihres Pössl „2 Win" mit einem Rums und strebten aufs Café zu.

„Das wird eng werden im Gastraum", schoss es Hortensia durch den Kopf.

Ein Knistern, ein Krachen, dann ein ohrenbetäubender Knall. Dem Donnerschlag folgte ein gleißender Blitz, der direkt über dem Schuppen des Traktoren-Museums aufschien.

Dann öffnete der Himmel seine Schleusen und eine wahre Sintflut ergoss sich über Gelände und Gebäude der Weihermühle.

Da bog ein Radler von Apfelstetten her um die Kurve.

Mit gesenktem Kopf trat er in die Pedale seines Mountainbikes. Er fuhr mit erstaunlicher Geschwindigkeit gegen den Sturm an. Das blaue Polohemd klebte am Oberkörper und die nackten Beine unter den Radlerhosen waren schmutzverkrustet. Eine Kappe mit der Aufschrift „Eurotherme Bad Füssing" und eine dunkle Sonnenbrille verdeckten sein Gesicht. Er bremste scharf neben dem Fahrradanhänger, sprang ab und klickte die gelbe Ortlieb Rollerbag vom Gepäckträger. Das Rad ließ er umfallen. Er hielt die Tasche als Regenschutz über den Kopf und rannte über die Holzterrasse ins Trockene.

Dahinter drängten die Wohnmobilisten ins Café.

Der Togaträger und seine weibliche Begleitung liefen auf die Hintertür zu.

Keuchend schlüpfte zuletzt die Dame mit dem Fotoapparat in den Raum.

Hortensia seufzte. Mit Sepps Unterstützung konnte sie nicht rechnen. Der hatte gerade den Pick-up hinters Haus gefahren. Anschließend wollte er den Ausstellungsraum mit den Traktoren für das Interview vorbereiten. Die Reporterin des Tagblatts, eine Anna Eva Witten, hatte sich für 17.00 Uhr angemeldet.

Der Rhabarberkuchen und der Schokokuchen würde reichen. Gemüsequiche konnte sie auftauen. Von der Bärlauchsuppe stand ein großer Topf auf dem Herd. Die Zutaten für schwäbischen Wurstsalat und die „Vesperplatte Mühlen-Poldi" waren im Kühlschrank griffbereit. Energisch schloss sie die Tür. Sie strich die Schürze über dem grünen Dirndl glatt und ordnete ihre blonden Locken.

„Hemmas alle gschafft!", rief sie mit strahlendem Lächeln in die Runde. „Jetzt gibt's für alle einen selbst angesetzten Holunderlikör zum Aufwärmen."

17. VERSTOHLEN, 3 MIN

„Ist die Luft rein?", keuchte Sebastian und sah sich mißtrauisch um.

Er stand neben einem Kistenstapel mit leeren Wasserflaschen vor der Hintertür zur Küche des Mühlencafés. Die Picknickdecke, eine Leihgabe von Susanne Schuhmann, umhüllte seinen Körper von der Brust bis zur Mitte der dunkel behaarten Oberschenkel. Seine nackten Füße steckten in schlammverspritzten Schuhen.

Die Decke klebte mit der Aluseite an dem verschwitzten Körper. Sebastian wischte sich mit dem Handrücken die nassen Haare aus dem Gesicht. Mit der anderen Hand umklammerte er sein Smartphone wie eine Trophäe.

„Niemand da", flüsterte Susanne Schuhmann nach Luft ringend. Der hastige Rückweg vom Wasserfall hatte sie doch mehr angestrengt als gedacht. Ganz sacht drückte sie die altmodische Klinke nieder. Die Holztüre sprang sofort einen Spalt breit auf.

Dass ihr Ausflug zur Märzenbecherblüte ins Ostertal mit einem Einbruch enden würde, hätte sie sich nicht träumen lassen. Was würde Viola wohl dazu sagen?

Hätte sie diesen Typ, den sie am Wasserfall nackt und schlotternd, von einem Höllenhund bewacht vorgefunden hatte, seinem Schicksal überlassen sollen? Zuerst hatte sie der Nacktbader im Wasserfallbecken zu Tode erschreckt, aber dann war sie in schallendes Gelächter ausgebrochen. „Ja, wer den Schaden hat, muss für den Spott nicht sorgen", hatte der Eisbader erstaunlich cool geantwortet. Die ganze Situation war aber auch zu skuril gewesen.

Auf dem Holzsteg war ganz friedlich ein brauner Pitbull gelegen. Er beobachtete die beiden Menschen mit schläfrigen Augen. Seine Hundeleine hatte sich im Gestrüpp verheddert.

Dieser Höllenhund hatte ganze Arbeit geleistet. Auf der Suche nach dem Powerriegel, der in der Rückentasche des Radlertrikots steckte, hatte er das Kleidungsstück völlig zerkaut.

Die Schuhe und das iPhone, das Sebastian im linken Schuh abgelegt hatte, fand er anscheinend uninteressant.

Sebastian Rufer, wie sich der Nacktbader vorstellte, entdeckte sofort die zusammengerollte Decke unter Susannes Arm. „Könnte ich mir die kurz ausleihen. Bitte! Ich muss zum Sepp in die Weihermühle, mir Klamotten leihen", bat und bibberte er flehentlich.

Nach kurzem Zögern ging sie auf den Vorschlag ein.

Erleichtert schlang sich Sebastian die Decke um den Körper. Er trocknete die nassen Füße mit den Socken ab und schlüpfte mit nackten Füßen in die Schuhe. Dann klaubte er die Reste seiner Kleidung zusammen.

Um niemanden zu begegnen, marschierten beide querfeldein durch den Wald zur Mühle. Sebastian erzählte eine wirre Geschichte von einem geplanten Junggesellenabschied, von einem alten Pick-up, den er sich ausleihen wollte, von einem E-Bike mit leerem Akku, das er einem Danny zurückbringen musste.

Sebastians Leben schien aus Leihgaben zu bestehen.

Die Küche, die Susanne nach dem Gewaltmarsch durch den Wald betrat, war menschenleer. Auf dem Herd brodelte Suppe in einem Emailletopf. Auf dem Tisch stand ein Blech mit Obstkuchen. Die Kaffeemaschine gab gurgelnde Geräusche von sich.

Verstohlen schlüpfte Sebastian hinter Susanne in die warme Stube. Er griff sich ein Stück Kuchen und kaute gierig.

„Das regle ich nachher mit der Hortensia", beruhigte er Suzy, als sie ihn erstaunt anblickte.

„Ich hol mir Klamotten aus dem Schlafzimmer oben. Das regle ich nachher mit dem Sepp", setzte er hinzu.

„Die Decke lass ich hier. Die kannst du bei Hortensia abholen. Man sieht sich!", grinste er. Dann lauschte er dem Stimmengewirr, das aus dem Gastraum drang. „Die Luft ist rein", flüsterte er. Er stieß die angelehnte Tür auf, betrat den Gang und wandte sich nach links der Treppe in den ersten Stock zu.

Susanne Schuhmann überlegte kurz. Sie richtete sich auf und schüttelte ungläubig den Kopf. Unfassbar, was ihr heute Nachmittag passiert war. Dann trat sie in den Gang und wandte sich nach rechts dem Gastraum zu.

18. VERSCHLOSSEN, 3 MIN

„GENUSS-UND ERLEBNIS-TOUREN IN DER REGION" NR. 3

Das Traktoren-Museum bei der Weihermühle mit Hofcafé

Tagblatt-Mitarbeiterin Anna Eva Witten ist heute im Hofcafé an der Weihermühle im Gespräch mit Hortensia Hufnagel und Josef Kranzinger, dem Betreiber des kürzlich eröffneten Traktoren-Museums.

Witten: Frau Hufnagel, Herr Kranzinger, wir stehen hier in der Scheune der Weihermühle, die sie als Ausstellungsraum fürs Traktoren-Museum nutzen.

Herr Kranzinger, was ist denn das Besondere an ihrem Museum?

Kranzinger: Hier sehen sie 11 Fahrzeuge. Mit diesem Allgaier-Schlepper R 22, Baujahr 1950 nahm die Sammlung seinen Anfang. Den hat mir mein Opa Gustav vererbt. Es hat 6 Jahre gedauert, bis ich den Bulldog komplett hergerichtet hatte. Er ist ein Unikat, das einzige Fahrzeug mit Dach und Turbolader. Dadurch verbrennt er sauberer und spuckt weit weniger Rauch. Jeder dieser Oldtimer wurde von mir persönlich überholt und ist fahrbereit. Auf Anfrage biete ich individuelle Bulldog-Ausfahrten an.

Diesen „Gülden AF 30, Baujahr 1950" hier habe ich in völlig verrostetem Zustand in einer Scheune beim Weiler Blasiberg entdeckt.

Witten: Liebe Frau Hufnagel, auf ihrer Homepage beschreiben sie sich als „Kräuterweiblein vom Mühlencafé". Was kann man sich darunter vorstellen?

Hufnagel: Ich biete nur Hausgemachtes der Saison entsprechend an. Ob Marmeladen, Kuchen oder Suppen, alle Zutaten stammen aus der Region. Ich bin eine „Kräuterhexe" und kenne mich gut mit Wildkräutern aus.

Unkraut gibt es nicht. Jedes Kraut ist zu etwas nutze.

Jetzt im Frühling sammle ich Bärlauch. Der hat eine stark reinigende und entgiftende Wirkung auf unseren Verdauungstrakt und unser Blut. Ich mache Pesto und Aufstriche draus, die man hier kaufen kann. Besonders beliebt ist meine Bärlauchsuppe.

Meine Lieblingspflanze ist der Holunder. Ich mag einfach wie er blüht. Zarte, weiße Dolden, wie Spitzen, von der Natur gewebt. Manchmal stelle ich mir vor, dass in dem alten Holunderbusch neben dem Cafés ein guter Hausgeist wohnt. Laut alten Erzählungen beschützt der Holunder die Bewohner. Das finde ich toll!

Die dunklen Beeren geben eine köstliche Marmelade. Die Blüten eignen sich zu Tee und Tinktur. Sie sind meine Hausmedizin bei Erkältungen. Ich stelle auch Holunderblütensirup und Holunderlikör her.

Beides schmeckt herrlich erfrischend, wenn man es mit unserem bekömmlichen Quellwasser aufgießt.

Witten: Herr Kranzinger, sie füllen Quellwasser ab?

Kranzinger: Ja, da haben wir großes Glück. Urkundlich wurde dieses Wasser erstmals im Jahr 1750 erwähnt. In Aufzeichnungen der Pfarrei St. Jodokus wird von dem „heylsam Waser" der Mühle berichtet. Im 19. Jahrhundert wurde die Quelle, die unter dem heutigen Mühlenraum entspringt, gefasst. Ich fülle kleine Menge für den Hausgebrauch ab. Man kann dieses köstliche Wasser und alle Produkte, die Holly herstellt, bei uns im Mühlenladen kaufen.

Witten: Die Kleine Oster hat sich hier zu einem mächtigen Bach entwickelt und strömt mit starker Strömung vorbei. Ist das Mühlrad in Betrieb?

Kranzinger: Jeden Samstag ab 15.00 Uhr von April bis Oktober wird der Mühlenraum geöffnet sein und es gibt Vorführungen nach Anmeldung. Es gab auch schon Anfragen von Schulklassen. Das Korn beziehe ich übrigens vom Demeterhof im Mückental.

Witten: Die Vorführung würde mich auch interessieren.

Kranzinger: Der Mühlenraum muss laut einer Auflage des Ordnungsamts mit einem Absperrgitter zum Mühlrad versehen werden. Deswegen ist er aus Sicherheitsgründen noch für Besucher geschlossen. Bis nächste Woche werden die Arbeiten voraussichtlich abgeschlossen sein.

Witten: Frau Hufnagel, Herr Kranzinger, ich danke ihnen herzlich für dieses Gespräch!

Alle Gespräche dieser Reihe sind im Internet nachzulesen:

www.tagblatt.de/Genussregion

19. VERKLEIDET, 3 MIN

Sebastian Rufer hatte Glück. Er begegnete niemandem auf seinem Weg von der Küche ins Schlafzimmer.

Er schlich die Treppe hinauf und versuchte möglichst wenig Knarzgeräusche auf den alten Stufenbrettern zu machen. Er öffnete vorsichtig die zweite Tür auf der linken Seite und spähte hinein. Auch hier war niemand. Er legte die nasse Picknickdecke ab und rollte sie zusammen. Später würde er sie Hortensie zum Trocknen geben.

Dann schob er sich ins Zimmer und schloss leise die Tür. Auf dem Bett lag Kranzingers graue Jogginghose und seine graue Strickweste. Er zog beides an.

Die Hose endete weit über den Knöcheln und die Weste reichte kaum bis zum Hosenbund. Er hatte nicht vermutet, das Kranzinger so viel kleiner als er war.

Ebenso leise, wie er gekommen war, stahl er sich wieder nach unten. Er spähte in die Küche und sah den Blechkuchen stehen. Wieder konnte er nicht widerstehen.

Gerade wollte er von dem Stück, das er in der Hand hielt, abbeißen, als Hortensia hereinkam. Sie musterte ihn von oben bis unten.

„Das sind doch die Klamotten von Josef!", stellte sie fest und musste loslachen, „Sieht heiß aus!"

„Ich hatte einen kleinen Kleiderunfall!", stotterte Rufer.

Er überlegte kurz.

„Wenn du mir die Sachen borgst und noch dazu den Pick-up, baue ich euch eine Alarmanlage mit Kamera an der Hintertür ein.", schlug er vor, „Ach ja, der Kuchen wäre auch inbegriffen. Und die Decke muss man zum Trocknen aufhängen und die wird dann abgeholt." Hortensia war so perplex, dass sie ganz vergaß zu fragen, von wem.

„Also gut! Das Auto hat Josef hinter der Scheune abgestellt und der Schlüssel steckt wahrscheinlich", gab Hortensia nach.

„Danke!", Rufer war sichtlich erleichtert. Es hatte mittlerweile zu regnen aufgehört und die ersten Sonnenstrahlen blinkten wieder durch die Wolken. Sebastian nahm das als gutes Omen.

Er trug das E-Bike zum Pick-Up und wuchtete es auf die graue Abdeckplane der Ladefläche. Dann startete er das Auto und fuhr Richtung Apfelstetten.

Der JGA nagte an ihm. Das Event am Wasserfall war gestrichen. Er hatte die Nase voll von der „Ice Water Challenge". Er würde sich etwas anderes einfallen lassen.

Einen Dart-Abend im Gasthaus Tannenmühle? Das Plakat mit dem Dart-Weltmeister Michael van Gerwen hatte er in Apfelstetten bei der Herfahrt gesehen.

Ein Bierbrauerkurs im Kloster Weihenstephan?

„Baggerfunpark in Rattelsdorf", raunte ihm sein Unterbewusstsein zu. „Buggerfunpark in Rattelsdorf" murmelte er vor sich hin und wäre beinahe von der Straße abgekommen, als er begeistert die Arme hochriss. Rattelsdorf, das war doch bei Bamberg. Im Schlenkerla in Bamberg würden sie dann bei einigen Gläsern Rauchbier den JGA ausklingen lassen.

Es würde der beste Tag ever werden!

„Baggerfunpark in Rattelsdorf!", brüllte er mit hochrotem Gesicht, als er vor Dannys XXL-Tattooshop einbog. Prada und Gucci, die beiden Siamkatzen von Francoise saßen wie ägyptische Katzenstatuen im Schaufenster und starrten ihn an. Der euphorische Sebastian bemerkte sie nicht.

Das war's! Einer seiner Kunden hatte ihm begeistert von dem Baggerpark erzählt. Das war's! Da müsste er noch recherchieren.

Beschwingt lud der das Rad ab und stellte es im Garten hinter Dannys blaue Papiertonne. Er schrieb Danny eine WhatsApp. Der quälte sich wahrscheinlich gerade mit seiner Francoise über irgendeine Hochzeitsmesse.

Weil auf dem Parkplatz vor seiner Wohnung wieder mal alles zugeparkt war, fuhr er den Pick-up zum Abstellplatz beim Wertstoffhof.

Das Fahrzeug würde er bei Gelegenheit zurückbringen. War ja nicht eilig, hatte ihm Hortensia versichert.

Pfeifend machte sich Sebastian auf den Heimweg zu seiner Wohnung.

20. VERBANDELT, 4 MIN

Prakl war glücklich.

Er hatte sich zu einer Bänklegeschichte verabredet, zu der er wandern konnte. Bei seinem letzten Treffen konnte er direkt neben der Bank am Huberhof parken. Er war mit Josef Kranzinger, dem Kranzinger Sepp, verabredet gewesen. Diesmal würde er Hortensia Hufnagel auf dem Haldenberg treffen.

Prakl fuhr mit seiner KTM auf den Wanderparkplatz, klappte den Seitenständer heraus und stellte die Maschine ab. Dann verstaute er seinen Helm, die Lederjacke und die Stiefel in den Koffern und zog Wanderjacke und Wanderschuhe an.

Den Wegweiser am Parkplatz kannte er schon. Er suchte den Katzenpfotensteig, der direkt hinauf zum Aussichtsturm auf dem Haldenberg führte. Dort stand auch die Zielbank.

Der Wegweiser zeigte nach links zu einem Schotterweg.

Frohgemut sog er die frische Frühlingsluft ein und freute sich über die ersten Blüten. Die Bäume würden die Blätter in ihren Knospen auch nicht mehr lange zurückhalten können.

So wanderte er bergan. Bald begleitete ihn die Kleine Oster, die mit ihrem klaren Wasser dahinfloss. Er konnte kleine Fische und Libellen beobachten.

Vögel ließen ihren Balzgesang hören und in der Ferne bellte ein Hund. Bald wurde der Weg richtig steil. Er bekam Atemnot und musste kurz stehen bleiben. Er schnaufte tief durch und zog den Reißverschluss der Wanderjacke auf. Der Aussichtsturm zeichnete sich als Silhouette schon in der Ferne ab.

Nach einer weiteren halbstündigen Wanderung durch Felder und Wiesen erreichte er den Turm. Eine freundliche lächelnde Frau mit blonder Lockenmähne saß bereits auf der grün gestrichenen Bank. Sie trug wie er eine rote Wanderjacke, Jeans und praktische Outdoorschuhe.

„Hallo, sie sind bestimmt Frau Hufnagel!", begrüßte er sie.

„Hallo, sie sind bestimmt Herr Prakl!", antwortete sie mit angenehmer Stimme.

„Ich hoffe, sie mussten nicht zu lange warten?", fragte er.

„Nein, ich sitze gerne hier", meinte Hortensia, „Außerdem ist das ja nicht meine Bank, sondern unsere, die von Sepp und mir."

„Na, dann erzählen sie mal!", ermunterte sie Prakl während er sich neben sie setzte.

„Ich lernte Josef vor langen Jahren auf dem Kirchweihtanz in Kaltental kennen. Aber der hatte damals nur Augen für die Vroni!", begann sie, „Aber von vorne. Ich bin nicht hier geboren. Ich kam mit meinen Eltern, die Spätaussiedler aus dem Sudetenland waren, hierher.

Wir wurden zuerst in einem Hinterzimmer beim Ochsenbauern einquartiert. Wir waren nicht gern gesehen. Das war hart damals. Aber meine Mutter war eine geschickte Schneiderin und mein Vater hatte Schreiner gelernt. So hatten wir unser Auskommen. Dann übernahm meine Mutter den kleinen Kramerladen von Magda Grüner. Wir zogen in die Wohnung hinter dem Laden. Ich half oft im Laden aus. Aus dieser Zeit kommt vielleicht auch meine Freude am Umgang mit Menschen.

Meine Jugend war eigentlich sehr glücklich. Ich spielte mit den Dorfkindern und half auch bei der Landarbeit.

Nach der fünften Klasse ging ich von der Schule ab. Mit dem Lernen hatte ich es nicht. Ich war lieber im Wald oder im Stall. Ich interessierte mich mehr für Pflanzen und Tiere als für Buchstaben und Zahlen.

Dann wurde im Hammerschloss eine Küchenhilfe gesucht und ich lernt dort das Kochen von der Köchin Ida Bäumler. Das war eine harte, aber auch lehrreiche Zeit. Ich musste bis zu zwölf Stunden am Tag schuften.Oft kroch ich nachts völlig erschöpft ins Bett.

Einige Jahre später starb meine Mutter und ich übernahm den Kramerladen. Die Zeiten wurden wieder besser und ich traf, wie gesagt, den Sepp beim Kirchweihtanz.

Aber der hatte nur Augen für die Vroni. Als die dann später den Toni Huber heiratete, witterte ich meine Chance und arrangierte immer wieder zufällige Treffen mit Josef. Aber der war verbittert und trauerte nur seiner Vroni nach.

Dann verlor ich ihn aus den Augen.

Später musste ich den Laden aufgeben, weil die Discounter einfach billiger waren. Ich arbeitete dann als Bedienung im Café Unterholzner.

Und dann passierte es! Eines Nachmittags stand Josef bei mir im Lokal. Ich erkannte ihn mit seinem Vollbart erst gar nicht. Als er dann aber bei mir ein Weißbier bestellte, mit seiner sonoren Stimme, fiel es mir wie Schuppen von den Augen.

„Josef!", sagte ich. Da erkannte er mich auch wieder.

Er war sehr aufgeräumt und erzählte mir, dass er eben eine Mühle gekauft hatte und renovieren wollte.

Von da ab trafen wir uns regelmäßig am Sonntag. Bei gutem Wetter verabredeten wir uns am Wanderparkplatz und liefen los. Und dann kam das eine zum anderen. Der Funke sprang auch beim ihm über. Wir unterhielten uns immer prima und machten immer Rast auf der Bank am Ausssichtsturm beim Haldenberg. Hier küssten wir uns das erste Mal.

Dann ging alles sehr schnell. Ich unterstützte Josef beim Aufbau seines Mühlencafes und kündigte dann im Unterholzner um es zu übernehmen.

Ich liebe ihn sehr!"

„Ich liebe dich auch!", sagte Kranzinger, der plötzlich der Bank stand, „Ich habe auf dem Aussichtsturm gewartet! Hallo, Herr Prakl! Hab ich auch noch Platz?"

Ohne eine Antwort abzuwarten, setzte er sich neben Hortensia und gab ihr einen Kuss.

21. VERIRRT, 3 MIN

Die Rentner Gisbert, Wilbert und Ingbert waren schweigend zum Gasthof Tannenmühle unterwegs.

Schwarze Gewitterwolken zogen von Westen her auf. Entfernter Donner grollte.

„Das sieht nicht gut aus!", merkte Gisbert an.

„Das hört sich auch nicht gut an!", sagte Ingbert.

„Bis zur Tannenmühle müssten wir es noch schaffen!", Wilbert klang zuversichtlich.

„Wer ist bloß auf die bescheuerte Idee gekommen zur Tannenmühle zu laufen?", fragte Ingbert.

„Du!", sagten Gisbert und Wilbert wie aus einem Munde.

Beleidigt ließ sich Ingbert zurückfallen. Die Sonne verschwand hinter den Wolken, der Donner wurde immer lauter.

Dann zuckte der erste Blitz, gefolgt von einem ohrenbetäubenden Donnerschlag. Es begann leicht zu tröpfeln. Gisbert zog das Tempo an. Sie konnten bereits die Tannenmühle im Tal sehen. Sie kämpften sich den Hang hinab zur Kleinen Oster. Jetzt öffnete der Himmel seine Schleusen.

Sie rutschten mehr als zu gehen den steilen Hang hinunter und erreichten tropfnass die Mühle.

„*Wegen Todesfall geschlossen!*", stand in krakeliger Handschrift auf einem vergilbten Blatt, das schief an die Eingangstür geklebt war. Enttäuscht quetschten sie sich unter das kleine Vordach und warteten auf das Ende des Regens.

Der hörte so abrupt auf wie er begonnen hatte. Ein letzter Donnerschlag und die Sonne kam wieder hinter den Wolken hervor.

„Mir ist kalt!", beschwerte sich Wilbert, „Und meine Klamotten sind nass."

„Meinst du, mir geht es besser!", moserte auch Ingbert.

„Lasst uns zur Weihermühle zurückgehen, dann wird uns schon wieder warm!", schlug Gisbert vor.

Sie wanderten also wieder los, erklommen auf Händen und Füßen den Hang zur Hochfläche und marschierten dann durchs nasse Gras.

Bald erreichten sie den Wasserfall, der durch den Starkregen angeschwollen war und mit beeindruckender Wucht über die moosigen Felsen strömte. Die Gischt spritzte hoch, als das Wasser in das Becken unter dem Wasserfall stürzte.

Sie hatten schon von weitem das Heulen eines Hundes gehört und sahen jetzt einen völlig durchnässten Pitbull, dessen Leine sich in einem Busch verfangen hatte. Er sah gefährlich aus.

„Wir müssen den Hund befreien!", sagte Wilbert.

„Ich kenne mich mit Hunden überhaupt nicht aus. Und der sieht gefährlich aus!", meinte Ingbert.

„Tu doch was!", Wilbert wandte sich an Gisbert.

„Immer ich!", beschwerte sich Gisbert, „Aber wenn er mich angreift, müsst ihr mich retten!"

Er griff sich einen langen Ast, der am Boden lag und machte einen vorsichtigen Schritt auf den Hund zu. Mit dem Ast versuchte er die Leine zu entwirren. Der Hund sah ihn verständnislos an und fiepte herzerweichend.

„Gleich hast du's!", unterstützte ihn Wilbert.

„Go, Gisbert, go!", feuerte Ingbert ihn an.

Dann war es geschafft, die Leine war frei. Der Hund bellte freudig und verschwand im Unterholz.

„Gut gemacht!", lobte Wilbert Gisbert, „Jetzt brauche ich aber einen Kaffee und ein Stück Kuchen. Auf zur Weihermühle!"

Kurz darauf erreichten sie die Weihermühle. An ihren Stiefeln klebten dicke Lehmklumpen, ihre Hosen waren dreckverspritzt und von ihren Jacken tropfte noch immer Wasser.

Hortensia stand auf der Terrasse vor dem Café und spannte gerade die Sonnenschirme wieder auf.

„Wo kommt ihr denn her? Und wie seht ihr aus? So kommt ihr mir nicht ins Lokal. Aber hier draußen könnt ihr bleiben!", sagte Hortensia zu den drei Rentnern.

„Wir wollten eigentlich nur die Lidl Plastiktüte mit der Fernsteuerung abholen, die wir gestern hier vergessen haben", klärte sie Wilbert auf.

„Und eine Kaffee und ein Stück Kuchen!", meinte Gisbert und ließ sich in einen Stuhl fallen.

„Kommt alles gleich!", sagte Hortensia und verschwand im vollbesetzten Lokal.

22. VERSAMMELT, 5 MIN

Mike war genervt. Ivo hatte ihm versichert, dass sich bei der verlassenen Weihermühle „Fuchs und Hase gute Nacht sagen würden".

Statt dessen gab es ein Café voller Leute, einen Stellplatz voller Wohnmobile, einen Parkplatz voller Autos und in der alten Scheune hatte jemand ein Traktoren-Museum eingerichtet. Hier war er zum ersten und letzten Mal gewesen.

Die Location für die nächste Übergabe würde er aussuchen. Wo trieb sich dieser Ivo, dieses unfähige Arschloch, nur herum? Der war doch schon vor einer Ewigkeit aus ihrem Kastenwagen aufgebrochen, um nach dem fehlenden Meth zu suchen. Dass dieser lästige Köter weg war, störte ihn weniger.

Er rüttelte an der Türklinke des Scheunentors. Fehlanzeige, versperrt!

Er lugte um die Ecke des Gebäudes. Dort stand ein Truck mit weit geöffneter Fahrertür. Die Abdeckung der Ladefläche war zurückgeschlagen. Geistesgegenwärtig duckte er sich hinter eine Mülltonne, als er Schritte hörte. Er beobachtete, wie ein länglicher grauer Gegenstand auf die Landefläche geschoben wurde.

Plötzlich zuckte ein Blitz über den schwarzen Himmel und tauchte für einen Sekundenbruchteil die Szene in grelles Licht. Gleich drauf folgte ein ohrenbetäubender Donnerschlag und dann öffnete der Himmel seine

Schleusen. Mike drückte sich an der Wand entlang bis zum Hintereingang des Cafés.

Der Dachüberstand bot ihm notdürftigen Regenschutz.

Neben der Hintertür stand ein Kistenstapel mit leeren Wasserflaschen. Mike setzte sich kurz nieder und lauschte.

Nur das eintönige Rauschen des Regens war zu hören. Er prasselte auf die alten Dachziegel des Mühlengebäudes und gurgelte in der überschäumenden Dachrinne. Mensch und Tier hatten sich verkrochen.

Er wischte sich mit dem Ärmel des schwarzen Pullovers das Gesicht trocken und betrachtete missmutig seine durchweichten Hosenbeine. Aus der Küche hörte er keinen Laut.

Vorsichtig lugte er durch den Türspalt und schlüpfte in den Raum. Hier war es angenehm warm und vor allem trocken. Auf dem Herd brodelte Suppe in einem riesigen Topf, die Kaffeemaschine röchelte und der Obstkuchen auf dem Tisch sah lecker aus. Obwohl schon ein Stück fehlte, widerstand er der kulinarischen Versuchung.

Auf Zehenspitzen schlich er in den düsteren Gang. Hier roch es moderig. Er versuchte sich zu orientieren. Fröhliches Stimmengewirr drang rechterhand aus der Gaststube. Hatte sich Ivo dort unters Volk gemischt?

An der gegenüberliegenden Wand sah er über einer alten Jagdflinte ein Hirschgeweih und unzählige vergilbte Fotos in dunklen Rahmen. An hölzernen Garderobenhaken hingen einige Kleidungsstücke übereinander. Er schlüpfte hinter einen roten Mantel, der ganz außen hing. Der Duft eines blumigen Parfüms kitzelte in seiner Nase. Nur mit Mühe konnte er den starken Niesreiz unterdrücken. Die Tür zum Gastraum stand offen. So hatte er von seinem Versteck aus die gesamte Gesellschaft im Blick.

Auf der Eckbank unter dem Fenster saß eine junge Familie.

Die Frau im blauweiß gepunkteten Shirt und der junge Mann im grauen Sweater steckten die Köpfe über einem Smartphone zusammen. Der blonde Junge spielte mit dem Schwanz eines schwarzen Kätzchens, das sich neben ihm auf einem Schaffell zusammengerollt hatte. Das Fell war halb von der Rückenlehne gerutscht. Dahinter lugte eine bunte Plastiktüte hervor. Sie schien einen flachen Gegenstand zu enthalten.

Jetzt zog der Junge die Tüte heraus und legte sie vor sich auf den Tisch. Er parkte ein rotes Feuerwehrauto und einen Bagger auf der blauen Plastikfläche.

Die Frau, die offensichtlich seine Mutter war redete auf das Kind ein. Dann nahm sie die Tüte und gab sie der Wirtin.

Das Kind beugte sich zum Kätzchen und kraulte es hinter den Ohren.

Um den Tisch daneben hatten sich zwei ältere Paare gruppiert. Sie prosteten sich launig mit randvoll gefüllten Schnapsgläsern zu.

Dann hielt der Glatzköpfige die Wasserkaraffe in die Höhe, die Hortensia gerade auf den Tisch gestellt hatte. Ratlos betrachtet er den dunklen Stein im Wasser. Um Platz zu schaffen stellte er das Gefäß auf dem Boden ab. Eifrig erklärend entfaltete er eine Landkarte. Drei grauhaarige Köpfe beugten sich interessiert darüber.

Die ältere Frau am Ecktisch trug eine zerknautschte Outdoorjacke. Halblange Haare hingen ihr wirr ins kreideweiße Gesicht.

Sie starrte aufs Display eines Fotoapparats, murmelte vor sich hin und schüttelte dabei den Kopf.

Die junge Frau daneben band gerade ihre dunkelblonde Haarfülle mit einem Gummi zum Pferdeschwanz zusammen. Sie unterhielt sich angeregt mit ihrem Gegenüber, einem sportlichen, wenn auch durchnässten Mann, der ihr einen Fitnessriegel anbot. Unter dem Stuhl lag eine rot karierte Stoffrolle. Daneben stand eine gelbe Fahrradtasche.

Die Bedienung nahm gerade die letzten beiden Gläser vom Tablett und stellte sie auf das runden Tischchen in der Ecke. Beinahe wäre sie über einen Regenschirm gestolpert. Der Griff war von der Stuhllehne gerutscht. Die junge Frau mit den raspelkurzen Haaren bückte sich nach dem Schirm. Der ältere Herr nahm ihn ihr ab und entschuldigte sich gestenreich.

Bamm! Es traf Mike wie einen Blitzschlag! Das konnte doch nicht sein! Dort saß „Kommissar Hosenträger" wie er leibte und lebte. Er hatte beide Daumen unter rote Hosenträger mit einem auffälligen Blumenmuster ge-

steckt und schien das Leben in vollen Zügen zu genießen.

So eine Scheiße! Den richtigen Namen von diesem Blut-
hund hatte er vergessen. Egal, das war der Bulle von
der Drogenfahndung, dem er einige Jährchen im Knast
zu verdanken hatte.

Mike hielt den Atem an und versuchte mit der Wand zu
verschmelzen.

Was wollte der „Hosenträger" hier? Der war doch nach
seiner Schussverletzung vorzeitig in den Ruhestand gegangen!

Jetzt drehte sich die geschäftige Bedienung um und lief
in Mikes Richtung. Wahrscheinlich wollte sie in der Küche Nachschub holen.

Mike hielt sich die Nase zu um ein Niesen zu vermei-
den. Hastig wickelte er sich aus den Kleidungsstücken.
Nichts wie weg von hier! Ohne sich umzusehen rannte
er durch den Gang in die Küche und spurtete ins Freie.

Eine schwarzgekleidete Gestalt mit tief ins Gesicht ge-
zogener Base Cap huschte durch den Gewitterregen. Sie
tappte durch Pfützen, zwängte sich an den abgestellten
Fahrrädern neben dem Holunderstrauch vorbei, erreichte den Stellplatz. In Windeseile riss Mike die Tür
auf, startete den Transporter und brauste davon, als
wäre der Teufel hinter ihm her. Den Rest von dem Crystal Meth, den sich dieser Heinzi abgezweigt hatte, sollte Ivo finden. Ihm war es hier zu heiß. Und der Ivo, der

würde schon wieder auftauchen. Er war ja schließlich nicht sein Babysitter.

23. VERPACKT, 3 MIN

Schon gestern war Hans-Dieter Baumann, Rentner und Minijobber auf dem Wertstoffhof, der weiße Pick-up auf dem Parkplatz vor dem Wertstoffhof aufgefallen. Er hatte sich nichts dabei gedacht.

Aber heute stand er immer noch da. Außerdem war eine Horde Krähen eingefallen, die lautstark krächzend, aufgeregt auf der Plane auf der Ladefläche herumhüpften und auf sie einpickten. Außerdem roch es leicht süßlich. Da war doch etwas nicht in Ordnung.

Er hatte die Polizei verständigt. Das war seine Pflicht als wachsamer Bürger.

Und jetzt war hier alles voller Autos. Ein weiß, rotes Flatterband und Polizisten in Uniform sperrten den Pick up ab. Männer in weißen Overalls liefen herum und zwei Kommissare befragten die Umstehenden.

Zuerst hatten Hauptkommissar Peter Morgel Hans-Dieter verhört und ihm dann erklärt, dass sie eine Leiche unter der Plane in einem Plastiksack gefunden hatten. Die wurde gerade in einem Metallsarg in ein schwarzes Auto geschoben.

„Sehen sie, was wir gefunden haben!", ein Mann in weißem Overall zeigte Morgel einige Tütchen mit milchigweißen Kristallbrocken, „Das ist sicher Crystal Meth, war im Handschuhfach!"

Dann kam Morgels Assistent Jens Mühl zu ihm: „An Hand des Kennzeichens haben wir den Besitzer des

Fahrzeugs ermittelt. Es ist ein gewisser Karl-Heinz Schmälzle. Er soll in einem stillgelegtem Bahnhof wohnen. Ich fahr da mal hin."

Am nächsten Tag saß Morgel in seinem Büro und las den Bericht der KTU. Im Auto hatten sie fünf verschiedene Fingerabdrücke gefunden. Drunter auch die von einem Mike Grabowski. Am Plastiksack waren keine Abdrücke.

Mühl kam herein: „Wir haben die Leiche identifizert. Es ist Ivo Svoboda, der war schon im System. Er ist wegen Drogendelikten und Körperverletzung vorbestraft. Ich war auch schon in der Pathologie bei Doc Liebermann. Ivo ist gestorben, weil ihm die Halsschlagader durchtrennt wurde. Verblutet!"

„Wahrscheinlich eine Sache unter Drogenhändlern!", vermutete Morgel.

„Herrn Schmälzle ist noch nicht aufgetaucht. Weder in seinem Bahnhof noch sonst irgendwo. Ich habe ihn in die Fahndung gegeben.", teilte Mühl mit, „Im Bahnhof haben wir Hinweise zu einem Herrn Kranzinger gefunden, der in der Weihermühle wohnt. Mit dem sollten wir reden."

Kranzinger arbeitete gerade im Traktoren-Museum, als zwei Männer hereinkamen.

„Ich bin Hauptkommissar Morgel und das ist Kommissar Mühl.", stellten sie sich vor.

„Was kann ich für sie tun!", sagte Kranzinger. Ihm war nicht ganz wohl. Den Pick Up hatte sich Rufer ausgeliehen und seitdem hatte er nichts mehr von ihm gehört. Es ging bestimmt um die Leiche!

„Kennen sie einen Karl-Heinz Schmälzle?, fragte Morgel.

„Ja, der hilft mir manchmal hier im Traktoren-Museum.", sagte Kranzinger.

„Und wann haben sie ihn zuletzt gesehen?", das war Mühl.

„Das dürfte eine Woche her sein. Er hat Altmetall zum Wertstoffhof gefahren!", gab Kranzinger die Auskunft.

„Was wissen sie noch von ihm?", Morgel sah ihn an.

„Er wollte nach Amerika auswandern. Ich habe seitdem nichts mehr von ihm gehört!", sagte Kranzinger schnell.

„Wissen sie irgendetwas von Drogen in seinem Umfeld?", löcherte in Mühl.

„Nein!", Kranzinger kurz angebunden.

„Danke!", sagte Morgel. Die beiden verließen die Scheune.

Das war noch mal gut gegangen, dachte sich Kranzinger. Von der Leiche hatten sie nichts erwähnt. Hoffentlich kam da nichts mehr nach.

Nach einem viertel Jahr wurden die Ermittlungen eingestellt, da sich keine neuen Spuren ergeben hatten. Es wurde als ein Verbrechen im Drogenmilieu eingestuft.

Karl-Heinz Schmälzle war nicht mehr aufgetaucht. Eine Anfrage in den USA hatte nichts ergeben.

24. GEDICHT

Vom Eise befreit sind Strom und Bäche
Durch des Frühlings holden, belebenden Blick;
Im Tale grünet Hoffnungsglück;
Der alte Winter, in seiner Schwäche,
Zog sich in rauhe Berge zurück.
Von dorther sendet er, fliehend, nur
Ohnmächtige Schauer körnigen Eises
In Streifen über die grünende Flur;
Aber die Sonne duldet kein Weißes:
Überall regt sich Bildung und Streben,
Alles will sie mit Farben beleben;
Doch an Blumen fehlts im Revier,
Sie nimmt geputzte Menschen dafür.
Kehre dich um, von diesen Höhen
Nach der Stadt zurück zu sehen!
Aus dem hohlen finstern Tor
Dringt ein buntes Gewimmel hervor.
Jeder sonnt sich heute so gern.
Sie feiern die Auferstehung des Herrn,
Denn sie sind selber auferstanden.
Aus niedriger Häuser dumpfen Gemächern,
Aus Handwerks- und Gewerbesbanden,
Aus dem Druck von Giebeln und Dächern,
Aus der Straßen quetschender Enge,
Aus der Kirchen ehrwürdiger Nacht
Sind sie alle ans Licht gebracht.
Sieh nur, sieh! wie behend sich die Menge
Durch die Gärten und Felder zerschlägt,
Wie der Fluß in Breit und Länge

So manchen lustigen Nachen bewegt,
Und, bis zum Sinken überladen,
Entfernt sich dieser letzte Kahn.
Selbst von des Berges fernen Pfaden
Blinken uns farbige Kleider an.
Ich höre schon des Dorfs Getümmel,
Hier ist des Volkes wahrer Himmel,
Zufrieden jauchzet groß und klein:
Hier bin ich Mensch, hier darf ichs sein!

Johann Wolfgang von Goethe
Faust. Der Tragödie erster Teil. Vor dem Tor

EPILOG

Ach ja, da sind tatsächlich noch einige Fragen offen geblieben.

Wie kommt man an Hortensias Geheimrezept für den Holunderlikör?

Hortensia würde sich lieber die Zunge abbeißen, als die Rezepte ihres selbst angesetzten Holunder- und Schlehenlikörs zu verraten. Ihr könnt euch höchstens ein Fläschchen bei ihr besorgen und jedes Stamperl genießen.

Wer fand Heinzis Leiche?

Wahrscheinlich niemand!

Heinzis sterbliche Hülle trieb, von der Kleinen Oster getragen, in flotter Fahrt an dem Traktoren-Museum, der Mühle und dem Mühlrad vorbei. Am Zusammenfluss mit dem mächtig angeschwollenen Urbach wechselte sie in die Große Oster. Sie machte Bekanntschaft mit glotzenden Fischlein, stieß gegen ausgeschwemmte Uferböschungen, kreiste im Sog von Strömungen, wurde von Wasserstrudeln liebevoll entlassen und dann verlor sich ihre Spur im kühlen, nassen Grab.

Wo war Kai-Uwe abgeblieben?

Liselotte und Walter Wolffberger verließen am späten Nachmittag als letzte Gäste das Hofcafé. Sie hatten sich die deftige Vesperplatte „Mühlen Poldi" mit dem netten Mountainbiker geteilt, der so lebendig von seiner Reise auf die Azoren zu berichten wusste. Beim letzten Bissen trat Josef Kranzinger in die Gaststube und sie kamen ins Gespräch. Sie lobten die deftige Vesper und das geschmackvolle Ambiente. Obwohl er etwas abgekämpft schien, setzte er sich zu ihnen. Er ließ sich von Hortensia ein Viertele Roten bringen und erzählte ihnen die Geschichte vom diebischen Müllerburschen.

Einige Stamperl Holunderlikör später stolperten die Wolffbergers beinahe über einen braunen Hund. Der lag auf der Fußmatte vor ihrem Hymer-Mobil und blickte sie aus braunen Hundeaugen treuherzig an.

Wo war der Schlüssel zum Schließfach?

Am Samstagabend standen Katja Rettich und Heinrich Blumstein enttäuscht vor der verschlossenen Tür des Verwaltungsbüros im Elisabethenstift.

> **Wegen Umbauten ist das Büro ins Rathaus ausgelagert.**
>
> **Bitte Öffnungszeiten beachten!**
>
> **In dringenden Fällen bitte diese Telefonnummer anrufen: 115**
>
> **Eugenie Tiefenbach**

lautete die Notiz auf dem gelben Zettel, den die Leiterin an die Infotafel neben der Tür gepinnt hatte.

„Sapperlot!", meinte Heinrich Blumstein, „Das wird komplizierter als gedacht!"

„Allmächt!", dachte Katja im Andenken an Erna Rettichs häufig gebrauchten Ausruf. „Da hast du uns ja was eingebrockt, liebe Omi!"

Sie würden sich zumindest bis Montag gedulden müssen, um an Tommis Adresse und damit an den Schlüssel
zu Erna Rettichs Schließfach zu kommen.

DANKSAGUNG

Jetzt noch die obligatorische Danksagung....

Mein besonderer Dank gilt dem Internet, das mir für meine Recherchen jederzeit bereitwillig Auskunft gab. Danke, Google, auch wenn du jetzt auf ewig meine Daten verwendest, weitergibst und immer reicher und mächtiger wirst.

Mein besonderer Dank gilt auch den Zeitungsverlagen, die mit ihren Meldungen die Grundlage für manche Geschichte lieferten.

Auch den Grafensteigen bei Bad Urach und den Gütersteiner Wasserfällen bin ich zu Dank verpflichtet.

Auf einer Wanderung flüchtete ich unters Vordach beim Vereinsheim des Fanfarenzugs Bad Urach. Während ich dort einen hefigen Gewitterregen abwartete, formten sich die ersten Gedanken zu dieser Geschichte.

Bei einer Hüttentour im Lechquellengebirge entdeckte ich auf 2440m Höhe, dass sich die Sohlen meiner altgedienten Bergschuhe abzulösen begannen. Nach dem ersten Schock keimte in mir die Idee zum nächsten Krimi auf.

Mein besonderer Dank gilt allen Menschen in meinem Umfeld, die mich unablässig inspirieren und die sich in diesen Geschichten wiederzuerkennen glauben.

Vielleicht!

Mein besonderer Dank gilt meinem Göttergatten. Der amüsiert sich über jede entstandene Geschichte köstlich und motiviert mich immer wieder neu. Zudem war er mir als Computer-Versteher unentbehrlich. Ohne ihn gäbe es die Seitennummern, die elegante Formatierung und die künstlerische Bebilderung nicht.

Alle Ähnlichkeiten mit noch lebenden Personen sind rein zufällig, aber gewollt.

DIE AUTOREN

M. A. Stich

Die Autorin lebt als „Neigschmeggde" in einem kleinen Ort in Südbaden, der leider mehr und mehr seine idylli-sche Ruhe verliert. Trotz bester Vorsätze rast sie mit 35km/h durch die innerstädtische 30iger Zone oder parkt verkehrswidrig mit zwei Rädern auf dem Gehweg.

Sie kann den bayrischen Migrationshintergrund nicht verleugnen und nutzt jede Gelegenheit, um Oberpfälzer Waldpilze und Preiselbeeren zu importieren.

Als Ruheständlerin ist sie unruhiger denn je. Sie wan-dert auf dem Jakobsweg durch Frankreich. Sie durch-quert Sardinien und Korsika mit dem Pössl unter der kundigen Reiseleitung ihres Göttergatten. Sie erlebt Lissabon und Umgebung. Sie betreut Enkelsöhnchen und organisiert Familienfeste. Sie hängt bunte Solar-lampions in den Kirschbaum. Sie sammelt zähneknir-schend Kohlweißlingsraupen von den Kohlrabiblättern im Hochbeet und geht mit der Taschenlampe auf Nackt-schneckenjagd. Sie fotografiert und erstellt Fotobücher.

Sie schreibt Threema-Nachrichten, mailt und shoppt mit Hingabe.

Sie sammelt überall Input für ihre Geschichten. Sie re-cherchiert im Internet und im Leben. Wenn der „Spei-cher" voll ist und die Synapsen sich verbinden, vertraut sie die Geschichten ihrem alten Computer an. Halt, nein! Der ist jetzt durch einen neuen Laptop HP Spec-tre X360 vom Computer-Versteher ersetzt worden.

Bei jeder sich bietenden Gelegenheit schnürt die Autorin ihre schon etwas abgetretenen Wanderschuhe, nimmt den Rucksack auf den Rücken und wandert durch Wald und Flur, über Berg und Tal, entlang an Flüssen und Bächen, zu Quellen und Bergseen.

So ist es nicht verwunderlich, dass diese Geschichte am Wasserfallsteig ihren Anfang nimmt ist.

W. A. Grund

Der Autor W. A. Grund lebt als Exiloberpfälzer und Privatier in Franken. Ist nach fast 40 Jahren gut integriert, spricht aber die eingeborene Sprache noch nicht fließend.

Von seinem Schreibtisch aus, dem schriftstellerischen Zentrum, blickt er direkt in den Zenngrund mit seinem Fluß und den Wiesenauen. Dort sind im Sommer die Störche beim Fressen zu beobachten, im Herbst färben sich die Bäume bunt und im Winter gibt es dank des Klimawechsels, fast keinen Schnee mehr zu sehen.

Hier entstand auch das Manuskript zu seinem ersten Buch „baenkle.de", in dem er viele seiner Erinnerungen verarbeitete und auch seine Motorradreisen in ferne Länder wie China, Libyen, Indien, Namibia und Südafrika thematisiert. Dabei knabbert er mit Begeisterung an unzähligen NIPPON Riegeln.

Im Alter ist er aber ruhiger geworden und startet nur noch zu Ausfahrten in die schöne Fränkische Schweiz oder an den Gardasee.

Er ist auch leiblichen Genüssen nicht abgetan und brutzelt trotz Singlehaushalt in seiner Küche Speisen aus den verschiedensten Ländern.

Ein weiteres Hobby ist das Cineplex Kino, das er fast jede Woche besucht und vor allem auf Science Fiction und Aktion Kracher abfährt. Natürlich ist er auch ein Kulturfan und besucht die Aufführungen der Metropolitan Opera in eben diesem Kino.

Auf jeden Fall hat es ihm viel Spaß gemacht das erste Mal mit seiner Schwester Texte zu verfassen und den Lesern hoffentlich ein paar vergnügliche Stunden zu schenken.

INFOS FÜR WISSENSDURSTIGE

Zusatzinfo 1: Methamphetamin

Umgangssprachlich Crystal Meth, Meth, Ice oder Crystal genannt.

Es ist eine synthetisch hergestellte Substanz aus der Stoffgruppe der Phenylethylamine.

Es wurde 1893 durch den japanischen Chemiker Nagayoshi Nagai in flüssiger Form synthetisiert. Die Substanz wurde im 2. Weltkrieg Soldaten als Mittel gegen Angst, Müdigkeit und zur Steigerung der Leistungsfähigkeit verabreicht.

Heute kommt es größtenteils aus Tschechien.

Es wird meist in Kristallform verkauft und für die Kunden in kleine Zipperbeutelchen verpackt. Das Aussehen erinnert an Eiskristalle oder kleine Glassplitter von milchig-weißer Farbe, es kann aber auch rosa oder blau eingefärbt werden.

Die Einsteigerportion von 100mg kostet ca. 10,00 Euro.

Es wird geschnupft, geraucht oder inhaliert.

Meth wirkt stark euphorisieren und macht schnell abhängig. Die Folgen des Konsums sind erschreckend. Es gehört zu den gefährlichsten Drogen auf dem illegalen Markt.

Herstellung, Besitz oder Inverkehrbringen ist in Deutschland und den meisten europäischen Ländern strafbar.

Zusatzinfo 2: Gegen alles ist ein Kraut gewachsen - Hortensias Ratschläge zur Naturmedizin

Gegen Übelkeit, Blähungen und Verstopfung helfen Kamille, Kümmel, und Pfefferminze. Auch Mariendistel, Melisse und Schöllkraut können derartige Beschwerden lindern. Diese Kräuter verwende ich gerne im Tee.

Beifuß hilft Fett besser zu verdauen und ist gut für Galle und Leber. Beifuß darf als Gewürz bei der Weihnachtsgans nicht fehlen!

Rosmarin wirkt sehr belebend.

Scharbockskraut, das im Frühling wächst, hat viel Vitamin C. Es gibt dem Salat eine besondere Note.

Die jungen Blätter mixe ich im Frühling in geringen Mengen in den Smoothie, den ich täglich für meinen lieben Josef und mich zubereite.

Zusatzinfo 3: Hortensias Infos zu Schungit-Wasser

Schungit ist ein Stein, der aus natürlichen Fullerenen besteht. Als Fullerene werden sphärische Moleküle aus Kohlenstoffatomen C60 bezeichnet. Durch die Bildungsverhältnisse im Molekül kann es freie Radikale aufnehmen und binden. Das Schungit-Wasser soll den Körper verjüngen.

Unser Quellwasser aus der Weihermühle fülle ich in Karaffen und lasse es mit dem Edel-Schungit 12 bis 24 Stunden stehen.

Einmal im Monat lege ich die schwarzen Kristalle für einige Stunden ins Freie, damit sie wieder Energie aufladen.

Zusatzinfo 4: Die Sütterlin – Schrift

1865 wurde Ludwig Sütterlin in Lahr im Schwarzwald geboren. Seine Reformschrift sollte helfen, das Handschriftenchaos im Kaiserreich zu überwinden. 1915 wurde sie in Preußen eingeführt. 1941 wurde sie aus antisemitischen Gründen verboten.

Zusatzinfo 5: Der Brief an Katja für alle nach 1960 geborenen Leser

Das ist mein letzter Brief und Ergänzung zu meinem letzten Willen.

Meine liebe Katja, mein liebes Kind!

Jegliche Geldaufteilung aus dem Verkauf meines kleinen Hauses zu gleichen Teilen an meinen Sohn Knut und an dich, liebe Katja, hat schon stattgefunden. Meinen Haushalt habe ich vor dem Umzug ins Elisabethenstift fast ganz aufgelöst.

Es wäre mir schon recht, wenn du die Fotoalben und meine Lieblingsbücher aus der Wohnzimmervitrine in Ehren halten würdest.

Du hast mich immer besucht. Du hast dir den Kopf heißgeredet und mir von Kraftorten, richtigem Atmen, Tschigong und vetschitarischem Essen erzählt. Ich hab dir von meinen Zipperlein vorgejammert und von früher erzählt.

Aller Schmuck und mein altes Kochbuch geht an dich, liebe Katja. Beides habe ich im Schließfach hinterlegt.

Das ist mein letzter Wille.

Ich weiß nicht, wie lange ich noch hier auf Erden bin.

Aber der Herrgott wird es schon recht machen und mich zur richtigen Zeit holen. Ich habe ein langes Leben hinter mir und bin zufrieden. Ich habe immer so gute Leute getroffen.

Du bist noch jung. Höre immer auf dein Bauchgefühl und schlafe eine Nacht über wichtigen Entscheidungen.

Den Schlüssel zum Schließfach bei der Bank habe ich dem Tommi gegeben. Du weißt schon, dem Bufdi, der mich so gut betreut hat.

Seine Adresse hat Eugenie Tiefenbach im Büro.

Gott behüte dich!

Bete für mich!

Ich habe dich über alles geliebt.

Deine Omi Erna

Hortensia Hufnagel MO STEFFI JOHANNES
RASMI Susanne Schumann BARBARA LENZ
Ingbert Gisbert Wilbert Danny Stecher
Heinrich Blumstein Liselotte Wolffberger
Irmtaud und Hermann Bregenzer IVO
KARPEWITSCH Wolfgang Prakl Anna Eva
Witten Francoise Biersack Walter
Wolffberger Katja Rettich Karl – Heinz
Schmälzle Sebastian Rufer Josef
Kranziger Mike krüger Gunther Gründel
Hans-Dieter Baumann